Os objetos e a vida

GIOVANNI STARACE

Os objetos e a vida
REFLEXÕES SOBRE AS POSSES, AS EMOÇÕES, A MEMÓRIA

TRADUÇÃO
SERGIO MADURO

martins fontes
selo martins

© 2015 Martins Editora Livraria Ltda., São Paulo, para a presente edição.
© 2013 Donzelli Editore, Roma.
Esta obra foi originalmente publicada em italiano sob o título *Gli oggetti e la vita – Riflessioni di un rigattiere dell'anima sulle cose possedute, le emozioni, la memoria* por Donzelli Editore.

Publisher *Evandro Mendonça Martins Fontes*
Coordenação editorial *Vanessa Faleck*
Produção editorial *Susana Leal*
Preparação *Lucas Torrisi*
Revisão *Paula Passarelli*
Renata Sangeon
Julio de Mattos

Dados Internacionais de Catalogação na Publicação (CIP)
(Câmara Brasileira do Livro, SP, Brasil)

Starace, Giovanni
 Os objetos e a vida : reflexões sobre as posses, as emoções, a memória / Giovanni Starace; tradução Sergio Maduro. – São Paulo : Martins Fontes - selo Martins, 2015.

Título original: Gli oggetti e la vita : riflessioni di un rigattiere dell'anima sulle cose possedute, le emozioni, la memoria.
Bibliografia.
ISBN:978-85-8063-245-3

1. Memórias 2. Objetos - Aspectos socioculturais 3. Psicologia I. Título.

15-06305 CDD-150

Índices para catálogo sistemático:
1. Objetos : Memórias : Psicologia 150

Todos os direitos desta edição reservados à
Martins Editora Livraria Ltda.
Av. Dr. Arnaldo, 2076
01255-000 São Paulo SP Brasil
Tel.: (11) 3116 0000
info@emartinsfontes.com.br
www.emartinsfontes.com.br

ÍNDICE

I. Objetos como palavras
   1. Cenas 7
   2. Origem e destino dos objetos 19

II. Na vida interior
   1. Os objetos e o corpo 33
   2. A estruturação do *self* 39
   3. Caráter e pessoa no colecionismo 53

III. Continuidade e descontinuidade
   1. Os objetos no curso da vida 67
   2. Perdas 75
   3. Livrar-se dos objetos 85

IV. Relações
   1. Em casa 97
   2. Entre as pessoas 111
   3. Objetos externos e objetos internos 117
   4. No luto 124
   5. Mensagens 136

V. O mundo visto pelos objetos

   1. Eles sobrevivem a nós 141

   2. De mão em mão 146

   3. Com a palavra, os objetos 151

VI. Na modernidade

   1. Objetos e consumismo 161

   2. Metamorfoses dos objetos 168

   3. Objetos de consumo e vida interior 177

   4. Conclusões 187

   Bibliografia..191

I. Objetos como palavras

1. Cenas

Todo dia, quando me levanto, passo na frente do quarto de Martina. Quando ela está em Nápoles, a porta fica entreaberta, e o quarto fica escuro porque ainda está dormindo (eu me levanto sempre antes dela). Mas quando ela não está em Nápoles, a porta e a janela ficam abertas, e o quarto fica cheio de luz. Assim, passando ali em frente, não preciso fazer silêncio para que não desperte; posso até entrar no quarto livremente.

Uma manhã dessas, como tantas outras vezes, ocorreu-me fazê-lo. Dei uma olhada nas suas coisas, naquelas coisas penduradas nas paredes, como para saudá-la, para dar-lhe um bom-dia. Logo após sua partida, esse ritual se repete algumas vezes e me causa muita tristeza. Quando, no entanto, ela está fora já há algum tempo, a passagem é mais rápida, quem sabe um simples cumprimento, um breve contato com ela.

Outro dia, lembrava-me do seu quarto quando era pequena. A cama, que havia sido minha quando tinha a idade dela, ficava encostada em outra parede, atrás da porta. Ali, toda noite, eu parava para me despedir, depois de ter-lhe contado uma história. Vieram-me à mente então as mudanças que ela mesma havia feito sucessivamente. Na parede, apareceram fotos das amigas durante sua primeira viagem importante, a Santo Domingo, quando ainda era bem jovem. As primeiras permaneceram, mas, em outro canto, surgiram as de uma estada posterior na Austrália: grupos de jovens sorridentes ou então paisagens incomuns. Nesse ínterim, apareceu o material de faculdade que preenche as prateleiras da estante. No teto, havia uma bolinha de plástico mole, de cor escura, que ela havia jogado para cima e que se alojou ali. Ficou grudada alguns anos e não se descolou mais. Quando me sentava na cama, podia observá-la, quase como se tivesse companhia. A luminária de cabeceira foi trocada: uma alta luminária vertical veio tomar o lugar daquela que ganhara de presente quando pequena. Tantos símbolos que a acompanharam de perto na passagem dos seus anos.

As mudanças nunca são automáticas e lineares: acontecem aos trancos. Acumulam-se objetos e símbolos no tempo, os quais, pouco a pouco, parecem destoar daquela idade específica; no entanto, permanecem ali, ainda que além do tempo regulamentar. E então chega o momento da mudança.

Foi assim com ela, depois de ter passado um ano em Paris. A vida cotidiana nos impede de ver realmente as coisas, leva-nos a viver ao lado delas por força do hábito. Quando o intervalo de tempo é maior, cria-se uma ruptura e as coisas aparecem em evidência, acentuando a necessidade de mudança. Foi assim depois de Paris. Um ano longe de casa é bastante e são muitas as novas experiências acumuladas. Mais do que todas, a de ter vivido sozinha, precisando organizar as coisas por si mesma. Assim, o quarto e os seus objetos ficaram anacrônicos, em desarmonia com o que se estava vivendo no momento.

A primeira coisa a ser descartada foi o papel de parede, um papel de parede em estilo definitivamente adolescente. Virou uma parede nua, numa bela cor amarela, forte e quente. Apareceram novos objetos: as relíquias de Paris encontraram seu lugar nas paredes, uma girafa de palha está agora num canto do quarto. Muitas outras coisas, testemunhas de uma experiência, de emoções, de épocas pouco comuns.

Chega então a África, com um grande mapa que domina uma parede e substituiu um mapa-múndi que queria apenas representar um projeto ainda não muito claro de perambular além dos limites da cidade e da Itália. A África é aquela e não pode ser confundida com nada mais. Com as suas fotos, revela lembranças dos momentos passados, mas, sobretudo, dos projetos. Está mais no futuro do que no passado. Não é a relíquia de um período, de uma viagem, de uma situação, mas o testemunho de um novo projeto, daquilo que amanhã a espera.

Os objetos como palavras

É neste ponto que nos encontramos agora. Durante as suas próximas, breves permanências em casa, não acho que terá tempo ou mesmo a necessidade de dar uma nova cara ao quarto, a fim de torná-lo parecido com o que aconteceu mais recentemente na sua vida; não é necessário imprimir nas paredes as emoções e as recordações mais atuais para ficar em companhia delas na vida cotidiana de Nápoles. Essa operação é indispensável quando o lugar ao qual as recordações estão presas é estável e assim permanece por um espaço de tempo suficientemente longo; um lugar que com as suas paredes e os seus espaços dá a possibilidade de parar o tempo, de manter sob custódia o que aconteceu no passado mais recente. Em sentido inverso, um lugar "de passagem" não pode ter tal investidura.

Tenho a impressão de que, de agora em diante, o quarto ficará igual a si mesmo, marcará um tempo que parou, porque este seu lugar eletivo tomará o posto do lugar do seu passado e não mais poderá ser investido dos símbolos das novas experiências. O tempo dos objetos para, eles não mais serão atualizados; as paredes do quarto exibirão as mesmas coisas, um pouco desbotadas pelo tempo. Será difícil que algo possa ser acrescentado ao que já existe porque não seria mais matéria viva, mas apenas a exposição de uma relíquia; não mais um objeto que a recorda de outra vida possível, porque esta, enfim, lhe pertence.

Cada um de nós pode ser reconhecido nos muitos objetos que possui, nos quais podem ser rastreados os sedimentos psíquicos da própria história pessoal. Assim são os espaços concebidos por Martina. Moldura íntima de sua existência, representação viva dos processos que atravessou. Itinerários passíveis de serem narrados com eficácia e imediatismo graças aos objetos que os acompanham.

Como a história de Martina nos fez ver, o contato cotidiano com ela pode permanecer vivo e intenso justamente a partir dos seus objetos. E, ainda mais, a sua vida, através do desdobramento de tantos eventos que a marcaram, encontra expressão nos objetos que ela reuniu e expôs. Com eles, e por meio deles, nós temos um quadro imediato e direto da sua história, além de traços significativos da sua pessoa.

Os objetos e a vida

Quando nos perguntam "como é aquela pessoa, qual o seu tipo", temos alguma dificuldade em responder. Pensamos com quem se pareceria, mas, também neste caso, seria difícil dizer. Em vez disso, se temos uma visão dos seus objetos, um relance do conjunto de suas características, de sua disposição no espaço, conseguimos uma percepção muito mais rica e articulada dela.

Assim nos sugere a história de David (McGregor, 2006), que conhecia a tia só superficialmente. Sabia sobre ela as coisas que os pais lhe haviam contado. A tia era um adulto como os outros, portanto tinha as características que as crianças atribuem a todas as pessoas grandes. Mas quando entrou no quarto de sua tia Julia, depois de empurrar a porta do aposento no fundo do corredor, ficou de boca aberta. Jamais havia visto tanta coisa junta. Pilhas de livros e de revistas, roupas penduradas em cabides ou colocadas sobre cadeiras, chapéus equilibrando-se uns sobre os outros, álbuns de fotografia só parcialmente preenchidos e caixas de sapato repletas de fotos, maços de flores secando nos ganchos dos quadros, cartazes de espetáculos teatrais, estojos dos quais transbordavam emaranhados de colares e brincos. David abriu caminho pelo quarto, passando a mão sobre todas aquelas coisas, sem saber por onde começar. A sua casa era muito mais limpa e organizada, as roupas ficavam dentro dos armários, os brinquedos deviam voltar para debaixo da cama assim que ele acabasse de brincar, e as poucas fotografias estavam guardadas com cuidado em álbuns. Portanto, ele havia assistido a um espetáculo absolutamente inédito.

Depois disso, certa vez em que Julia o havia levado ao British Museum, e ele havia pacientemente esperado até que ela lesse uma a uma todas as legendas, pareceu a David que aquele quarto se assemelhava às salas egípcias, onde estavam guardados os diversos bens que os faraós haviam levado consigo para a tumba. Disse isso timidamente a Julia, e ela desatou a rir, a ponto de assustá-lo, e o abraçou quase a ponto de o machucar, cobrindo sua cabeça de beijos.

Análoga é a cena na casa de Francis Bacon, com o chão coberto de resíduos de todo tipo, que formavam uma espécie de adubo, um sedimento espesso, uma crosta rugosa. Pés de sapato sem pares, luvas de borracha rosa, talheres, esponjas velhas, livros abandonados com páginas estragadas, fotografias rasgadas... e montes de pincéis. Ele se desculpa: "Toda a minha vida não foi outra coisa senão uma grande desordem. Sinto-me em casa no caos porque a desordem suscita imagens, e, de qualquer forma, eu gosto, poderia ser o espelho do que acontece na minha cabeça" (Maubert, 2009, p. 9).

Acho interessante o que Searles (2004) escreveu a propósito do mundo humano e do mundo não humano. Ele sustenta que a dimensão que nós habitualmente definimos como humana nada mais é do que o vestígio que o homem deixa impresso nas coisas, na sua disposição inteligente, na sua aparente desordem.

Tanto a obra, a grande obra que é lembrada e indicada como uma ilustre obra-prima, é humana, quanto igualmente humano, e talvez ainda mais humano, é o produto anônimo de uma época, cujo autor nos é desconhecido, cuja história é desenhada com grandes traços da nossa imaginação. É humana a disseminação de obras ou objetos e símbolos que, juntos, compõem a civilização, constroem o habitat da nossa espécie, tornam-se a "natureza" além da natureza. Se ela fosse negada, se tudo o que nos rodeia não tivesse o necessário reconhecimento, não poderíamos sobreviver.

Entre as pessoas que conhecemos, encontramos algumas que vivenciam muitas das suas experiências acompanhadas por objetos ou têm necessidade de intervir neles para poder manter um sólido contato com o mundo interno. Contam suas vidas em estreita relação com a dos objetos que possuem, tanto que o quadro externo, o material, coincide ou substitui o interno, o psicológico. Muitas outras pessoas, pelo contrário, não fazem qualquer referência a objetos, em suas vidas não parece existir sinal deles. Acontece o mesmo na literatura: muitíssimos são os romances ou contos em que encontramos um mundo de objetos com forte poder emotivo e expressivo que acompanham os personagens. Em outros, de maneira até um pouco surpreendente, não há qualquer vestígio de tais objetos.

Poder-se-ia conjecturar que se trata de um problema exclusivamente ligado à linguagem, à expressividade pessoal; alguns se exprimem de modo mais abstrato, parecem pessoas com um temperamento mais propenso à racionalização: suas histórias se desenvolvem abstratamente, e exposições conceituais se sucedem sem qualquer representação material. Outros introduzem na linguagem os objetos, dando a sensação de que até eles se tornam palavras, palavras de consistências diferentes, concebidos, visual e materialmente, de modo diferente.

Rossella, por exemplo, para descrever as suas pesquisas incompletas ou projetos que poderiam ter dado outros e mais importantes resultados, os materializa em pilhas de papéis que jazem sobre sua escrivaninha. Papéis que a lembram das suas obrigações não cumpridas, dos seus defeitos, provocando nela uma sensação difusa de mal-estar e de culpa. Ela definiu aqueles papéis acumulados como "detritos de insolvências". A palavra detrito também arrasta, na sua materialidade, as insolvências que se solidificam por presenças imateriais, materializam-se, sobrecarregando-se. Ao condensar os "defeitos", eles se transformam em objetos perseguidores, ativos em recordar o que está faltando, aquilo de que se carece. Surgem ao olhar, reforçam aquilo que já está em posse da mente.

Longamente eu me questionei, portanto, sobre qual poderia ser a diferença entre as pessoas que se exprimem por meio de objetos e as que não fazem qualquer referência a eles; eu me perguntei se tal diferença expressiva, na linguagem e na narração, refletia a modalidade concreta da relação com os objetos.

À primeira vista, pareceu-me ser possível afirmar a existência dessa coincidência: a linguagem em que comparecem objetos deixa transparecer uma presença afetiva na vida concreta e mental da pessoa. Mas vi que essa consideração, embora me parecesse interessante, não explica a origem de tal predisposição específica. E então me perguntei o que teria acontecido na experiência psicológica e emotiva daquelas pessoas, de modo a permitir que construíssem uma relação importante com os objetos. Depois de uma ampla averiguação, cheguei à ideia de que aqueles que narram suas vidas entregando-se aos objetos desde a infância desenvolveram o aspecto lúdico de modo intenso e também criativo: uma relação viva com a matéria, com a capacidade de manipular as coisas, de transformá-las. A presença

Os objetos como palavras

de objetos na vida do adulto parece, portanto, reunir uma herança infantil.

É provável que as sucessivas relações com as coisas – desde os pequenos pertences da infância até as mais imponentes fortunas materiais da idade adulta – recebam um *imprinting* padrão da relação primária com os objetos transicionais (Argentieri, 1995, p. 73).

Devo reconhecer, porém, que comparei também situações em que essa ideia não encontra uma confirmação plena, mas, em linhas gerais, é uma hipótese que se pode seguir, sem dúvida.

Os objetos transicionais da primeira infância possuem dois atributos, aparentemente opostos, ambos presentes com a mesma força. Um é dado pela função representativa: o significado daquilo que é representado assume um caráter principal, ao passo que a sua natureza específica é secundária. O outro inverte a característica anterior, enfatizando o valor dos objetos em si, de serem tal como são; portanto, além de se fazerem representantes de algo mais, fazem sentido por aquilo que são, valem por si mesmos e basta. Ao considerá-los existências autônomas, eles pertencem a uma ordem pré-simbólica. Matéria viva, de dupla consistência, que acompanha a pessoa na sua experiência emocional.

É dessas pessoas, do modo como os objetos entram em suas vidas e constituem uma trama importante delas, que nos ocupamos neste livro.

Nas duas histórias a seguir, veremos como a vida emocional está intimamente ligada e entrelaçada à de alguns objetos.

Comecemos pela de Pina, que precisa decidir se vai iniciar uma segunda sessão a cada semana. Ela pensa longamente sobre isso porque quer compreender e avaliar quais mudanças experimentaria, quais benefícios poderia extrair disso. Nessa mesma fase, está fazendo uma nova arrumação em suas coisas, começando pelas roupas, que estava acostumada a guardar nos dois armários de seu quarto de forma desleixada, talvez caótica, segundo suas próprias palavras. Quando deseja usar uma roupa específica, leva muito tempo procurando por ela e muitas vezes não consegue encontrá-la. Havia programado colocar tudo em ordem durante as férias de Natal, mas ficou tudo como estava. Algo está mudando, ainda que exista uma passagem preliminar a ser cumprida, que não diz respeito apenas a ela, mas incide sobre as relações com os familiares, e isso complica as coisas. Ela pediu à mãe para abrir um espaço no armário do corredor, um armário que passou a ser usado por todos os membros da família, depois de ter ficado muito tempo no seu quarto. Quando estava lá, era usado principalmente por ela, mas muitas vezes abria-se espaço para as roupas dos outros. Digamos que se operou uma inversão dos arranjos anteriores. Depois que a mãe liberou uma porta do armário, ela pôde utilizar um espaço que tirou dos outros; dessa forma, as suas coisas não ficavam mais amontoadas umas sobre as outras.

O uso dos espaços, além da colocação que era dada às suas roupas, era muito parecido com o ritmo de sua vida cotidiana: de segunda a sábado, a semana cheia de compromissos de todo tipo, correndo de um lado a outro, entre muitas atividades.

A decisão relativa à segunda sessão produziu uma profunda impressão na experiência geral do momento, que entra em contato justamente com a reorganização do tempo e das atividades, além da reordenação dos espaços. Três processos que agem ao mesmo tempo, de modo sinérgico entre si, cada um com autonomia própria. Em todas as três áreas é preciso abrir espaço para as coisas novas que estão por vir.

Em particular, para poder encaminhar a segunda sessão, é preciso reconfigurar os espaços interiores, dando-lhes uma ordem e um significado, além de um sentido de prioridade. A experiência analítica estava sendo vivida como uma atividade entre tantas, um lugar onde era possível obter coisas para levá-las embora; não era a atividade que dava sentido às outras, o recipiente que determinava uma ordem e fornecia um significado.

O trabalho de reorganização dos seus espaços avança mais rapidamente do que os outros e está atingindo resultados significativos. As roupas agora voltaram para o armário, obedecendo a um critério: de um lado, todos os casacos; de outro, as saias e as calças.

Os objetos como palavras

A nova organização lhe permitiu ter uma visão completa de todas as suas roupas, descobrir algumas de cuja existência se havia esquecido, entre elas alguns trajes coloridos, escondidos por outros escuros que eram usados com mais frequência nos últimos tempos, como as saias, que haviam cedido sua visibilidade às calças. É assim que, com a nova disposição, todas as roupas puderam exibir suas características, mostrar suas cores, permitindo até mesmo visualizar bem o seu estilo. Surgem, agora, identificadas, caracterizadas, enquanto antes, umas escondidas entre as outras, ficavam indefinidas e confusas. Aparentemente, guardar as roupas em seu devido lugar parece uma operação simples; na verdade, se analisarmos as muitas implicações, nos damos conta de como pode ser complicado. Até a sua vida é muito menos caótica e mais organicamente estruturada.

Em tal contexto de emoção e de experiência, Pina amadurece a decisão de começar a segunda sessão semanal. Nesta, como em outras histórias, realiza-se um processo que integra o interno e o externo, a realidade psíquica e a realidade material. Em muitas oportunidades, pude constatar que, se as pessoas não têm possibilidade de acompanhar a análise dos processos psíquicos com uma atividade externa simultânea, o processo analítico não consegue desenvolver todas as suas potencialidades. É necessário que pensamento e matéria avancem juntos, espaços e ordenações internas estejam disponíveis, juntos, para o jogo de novas perspectivas externas.

A análise de Pina continuará ainda por alguns anos. O processo de individualização seguiu seu curso e levou a um desenvolvimento pleno da sua autonomia e à realização dos seus projetos profissionais. Ainda encontraremos Pina participando de outros eventos que ela viveu e que estão intimamente ligados aos seus objetos.

Uma história parecida é a de Pasqualina, que está atravessando um período particular, acompanhado de estados emotivos e de comportamentos incomuns para ela. A sua vida, em geral, flui melhor: está mais serena, ligada às coisas que faz, menos pressionada pelas demandas alheias. Ela alcançou uma maior capacidade de se apropriar do que deseja. Esses resultados foram possíveis, antes de tudo, pelo reforço da sua pessoa, tanto quanto pela valorização do seu

Os objetos e a vida

narcisismo saudável. Mas como acontece com frequência, se por um lado existe um processo evolutivo, também significativo, que leva a melhores condições de vida, por outro podem continuar existindo alguns problemas básicos ainda inexplorados, que são fonte de sofrimento. Visto que ela atingiu uma relativa serenidade, hesita em se aproximar deles, mantém-se a distância, temendo interromper o conforto conquistado.

A organização dos espaços da sua casa, especialmente no que diz respeito ao problema da ordem e da desordem, dá-nos importantes informações sobre ela. Até dois anos atrás, todas as suas coisas estavam bem arrumadas, arquivadas, dispostas em lugares apropriados, os papéis nas pastas separados uns dos outros. Uma exigência de ordem que, justamente pelo mal-estar que havia atravessado, tinha se intensificado. Tinha uma clara função defensiva contra os estados de ânimo angustiantes que vivia. Nessa época, as defesas que anteriormente tinham sua utilidade, com a mudança das condições emotivas, passaram a não ser mais úteis, antes se revelaram um obstáculo a uma realização mais plena da existência. É assim que começou a sentir como excessivo aquilo de colocar as coisas em ordem e de controlar de modo asfixiante também as maneiras de agir. Isso se dava tanto na sua atividade profissional quanto na sua vida privada.

Como consequência desse novo posicionamento interior, viveu um período muito menos caracterizado pela necessidade de controle, tanto que a sua casa, previsivelmente, tornou-se muito mais bagunçada. Muitas coisas não estavam mais em seus devidos lugares, e, apesar de se propor a colocá-las em ordem, não conseguia. "Contudo, um dia será necessário colocá-las no lugar, e, para poder fazê-lo, é necessário olhar uma a uma" – dizia –, "é preciso penetrar nelas, e penetrar significa voltar aos acontecimentos passados, por vezes dolorosos." Do ponto de vista emocional, teria sido difícil selecionar os papéis a serem guardados ou descartados, escolher um passado para manter sob custódia e outro do qual se desfazer.

Passa o tempo sem grandes movimentos externos: os papéis permanecem onde estavam, uma bagunça geral domina a sua casa. Recentemente, precisou encontrar a documentação para a declaração do

Os objetos como palavras

imposto de renda. Os papéis estavam todos amontoados: boletos, recibos, extratos bancários, informes da organização em que trabalha, tudo em uma pilha única. Então, para buscar a documentação necessária com mais facilidade, dispôs todos os papéis em uma porção de pequenos montinhos, cada um dos quais reunindo coisas parecidas. Esse foi um primeiro passo, dirigido a uma necessidade específica; mas os montinhos ficaram ali, espalhados pela casa, em busca de uma nova ordenação. Parece evidente que ela não pode voltar à velha organização, isto é, voltar a classificar e catalogar todos os documentos na sua pastinha apropriada, dia após dia. Ela tem necessidade de encontrar um modo diferente, mas que resiste a assumir características novas.

A sua vida continua de mãos dadas com a sua nova bagunça. Está convencida de que uma manhã vai levantar e colocar tudo no lugar, de que isso não vai se tratar de um passe de mágica. Talvez não esteja enganada, porque uma evolução dos processos emotivos se dá subterraneamente, e ela mesma está ciente disso. É importante notar que, ao mesmo tempo, a sua atenção se voltou para as transformações do seu mundo interno e para a disposição dos objetos e dos montinhos de papéis na sua casa. A referência a estes últimos não é feita para representar as transformações psicológicas, mas como um retrato indicativo e autônomo do conjunto da sua experiência, mesmo da experiência psicoterapêutica. A sensibilidade demonstrada ao considerar a evolução de ambos os processos permite-lhe chegar a uma solução equilibrada e integrada, em que cada domínio se reforça e fortalece o outro, com vistas a uma realização plena.

Mais dois breves retratos de momentos críticos em que os objetos têm uma função relevante.

Fabrizio, em um só dia, foi atingido por uma série de eventos fortemente ansiogênicos. Primeiro, teve a notícia do reaparecimento da doença da mãe; pouco depois, a comunicação do defeito no medidor de consumo de água, o que levou a uma despesa extraordinária; depois, a constatação de ter sido enganado por quem estava fazendo o trabalho de reforma da sua casa; por fim, uma inesperada dor de dente, após a remoção de um aparelho ortodôntico. Tudo junto, no espaço de poucas horas. Inicialmente, ficou desorientado; depois, foi até a escrivaninha e organizou os papéis que estavam há tempos ali, pescando entre eles os que lhe seriam úteis com mais urgência. Depois disso, fez todas as anotações necessárias para o dia seguinte e, muito mais aliviado, pôde concluir seu dia. Teve necessidade de sistematizar concretamente os papéis para poder dar uma ordem mental a tantas solicitações.

Se nesse acontecimento o uso dos objetos tem uma importante função defensiva, no evento a seguir acompanha um delicado momento de passagem.

Elena se mudou, mas deixou na sua casa de origem os cadernos do primário. É formada, tem especialização e, atualmente, trabalha como médica de família. Levar todos eles significaria entulhar os novos espaços. Mas não poderia se desfazer de tudo porque, se precisasse deles de novo, não teria mais volta. Poderia escanear, mas daria na mesma ter tudo numa tela, e não em seu estado natural? Claro que no papel velho se aninham aqueles bichinhos transparentes que contaminariam os novos espaços; em vez disso, esta última reflexão deveria levá-la a decidir pela digitalização de tudo, para então jogar o material fora. Em todos esses pensamentos se fazem ouvir também considerações de que muito provavelmente nunca mais voltará a olhar aqueles cadernos. Mas precisa decidir, porque deixá-los ali onde estão significaria apenas adiar o problema. O registro da concretude permitiu à mente executar uma intensa e necessária elaboração. Por fim, prevalece um dado de realidade: o entulho total de todos os cadernos tem o tamanho de uma caixa de pequenas dimensões. Pode-se criar o espaço para recebê-los. Aquele pedaço de história fica salvo e integrado ao mundo novo em que se vive agora.

2. Origem e destino dos objetos

A narrativa das experiências pode apresentar um equilíbrio essencial entre fatos e pensamentos. Mas talvez tenhamos narrativas marcadas por uma insistência e uma abundância de acontecimentos ou então, pelo contrário, em que prevalece claramente a busca de sentido que conduz a narração à abstração. Ou muitos eventos, fatos, matéria, ou então muita intelectualização e abstração.

A história das pessoas sobre sua relação com os objetos tem as mesmas características, tanto que eles ou são escolhidos como representantes de outros eventos, assumindo a importância e o significado daquilo que é diferente de si mesmo, ou são entendidos como mera matéria. Em ambos os casos, não têm vida própria porque, no primeiro caso, enquanto representantes, tiram a sua razão de ser daquilo que estão destinados a contar, e, no segundo caso, a sua realidade se esgota na matéria de que são feitos. Ambas as posturas dão a impressão de querer distanciar o objeto, quase como a se defender dele. Tanto a ênfase da função ideacional e mental como a consagração do materialismo aparecem como uma reação assustada diante de um mundo que poderia ser dotado de vida própria.

Se dermos um passo atrás, veremos como essa dicotomia tem raízes distantes, atravessa o pensamento filosófico e incide também sobre as teorias científicas e, certamente, sobre as psicológicas.

O estudo da subjetividade evoluiu *pari passu* com a análise da relação com a objetividade: assumindo ora a forma de uma integração dialética entre partes, ora a de diferenciação ou de irremediável contraposição. Realidade interna e realidade externa, verdade interna e verdade externa se enfrentam em busca de um primado, com um resultado que, como veremos, se movimenta cada vez mais em benefício do pensamento, do mundo ideacional em prejuízo do seu caráter físico, objetal.

Os objetos e a vida

A ideia de *objectum* (ou, em alemão, de *Gegenstand*, o que está diante ou em frente) implica, portanto, um desafio, uma contraposição ao que veta ao sujeito a sua afirmação imediata, com o que, justamente, "objeta" suas pretensões de dominação. Pressupõe um confronto que se encerra com uma conquista do objeto, o qual, após esta batalha, fica disponível para a posse e manipulação por parte do sujeito. (Bodei, 2009, p. 20)

A necessidade de compreender os fenômenos naturais, o desenvolvimento das teorias naturalistas e a euforia originada do conhecimento cada vez mais amplo da natureza e do domínio sobre ela determinaram um investimento progressivo sobre os poderes da razão. Acrescente-se que, quando a "razão" se desvinculou de concepções transcendentes – entre as quais a da alma é a máxima expressão – e se caracterizou por sua natureza laica, acentuou-se ainda mais o seu caráter absoluto.

A construção de um campo de pesquisa relacionado não mais à dogmática da alma, mas às várias propriedades das recordações, dos pensamentos e das paixões, é complementar e contemporânea à elaboração de uma teoria objetal, isto é, da autonomia dos fenômenos naturais. (Jervis, 1984, p. 15)

A psicologia nos oferece uma faceta interessante desse problema porque o estudo das relações entre o interno e o externo, entre a subjetividade e a objetividade, está na base das suas teorias. Ela tem uma necessidade constante de integrar os fenômenos mentais, que tiveram lugar em um metafórico mundo interno, aos acontecimentos objetivos. Os comportamentos, embora movidos pela atividade interior, desenvolvem uma ação própria no mundo externo. E então, obviamente, as atividades propriamente psicológicas, mesmo atingindo o material representativo no mundo externo, ficam confinadas em uma dialética exclusivamente interna: as fantasias, a memória, os sonhos, a dimensão consciente, e assim por diante.

A psicanálise é atravessada por uma ruptura análoga, ainda que os termos do problema sejam ligeiramente diferentes. De um lado, a concepção de que as produções mentais da pessoa, tendo uma

Os objetos como palavras

origem endógena, não são outra coisa senão a expressão de parte do *self*. Aquilo que aparece no cenário representacional do sujeito, assim como no cenário onírico, não é senão a imagem produzida pela mente e conservada nela. Os objetos externos – entendidos como as figuras de referências afetivas primárias – atingem sua densidade apenas porque se transformam em objetos internos segundo as características daquele que as interioriza.

Por outro lado, chegando a um debate focado na incidência da realidade na constituição do mundo interno – pensando em termos reais o ambiente ao redor, as relações primárias, a cultura, a sociedade, o grupo de referência etc. –, existe uma concepção que identifica naquelas relações o elemento causal da constituição do mundo interno.

Duas visões dicotômicas que atravessam a psicologia e a psicanálise, ainda que com algumas exceções, entre as quais Winnicott e outros poucos, que procuraram integrar o físico e a psique, o mundo material e o mundo psicológico. Contudo, também se compreende a razão pela qual a reflexão sobre a relação do homem com o mundo material foi tão pouco desenvolvida: a psicanálise e a pesquisa psicológica em geral concentraram a própria atenção na atividade representacional e afetiva do indivíduo.

Em ambos os casos – tanto se a mente é concebida como um sistema prevalentemente endógeno, como se fortemente inter-relacionado com o contexto relacional –, temos uma concepção do indivíduo que faz pressão principalmente sobre os atributos mentais, e não sobre a complexidade de sua existência.

Aumentando o campo da experiência humana, vemos que bem mais amplo é o espectro de agentes que concorrem para formar uma pessoa. Sem dúvida, a mente, mas depois as relações e o contexto ambiental, a cultura, o sistema educativo, a classe social a que se pertence, a relação com o mundo animal e material e com os objetos. Se ao criar uma pessoa e ao caracterizá-la intervêm todos esses agentes, não podemos excluir alguns deles para poder conhecê-la. Pelo contrário, devemos nos lançar em busca da psiquicidade decantada no contexto ambiental e na matéria, e descobrir os vestígios da vida material e cultural que impregnam o funcionamento mental.

Os objetos e a vida

Freud construiu um refinado modelo da mente humana, enriquecido e posteriormente articulado pelas múltiplas contribuições nascidas depois dele, um sistema conceitual ao qual todos se referiram. Esse corpo teórico tão rico e articulado constitui a base de múltiplas teorias clínicas, todas também extremamente refinadas. O que a psicanálise não conseguiu construir foi uma teoria da pessoa segundo as características que indiquei anteriormente. Existiram tentativas que parecem levar naquela direção, como, por exemplo, as atividades dos culturalistas americanos, ou dos psicólogos do Eu, ou de Erik Erikson, para não esquecer as biografias psicanalíticas elaboradas pelo próprio Freud, mas sobraram fragmentos que, embora significativos, não podem ser definidos como teorias da pessoa.

Nas minhas reflexões, mesmo nas de caráter clínico, procurei ter presente esse problema a partir da minha primeira pesquisa sobre esses temas (1989), em que procurei esclarecer métodos e experiências na pesquisa dos determinantes históricos da pessoa. Em seguida, com uma pesquisa sobre a autobiografia (2004), em que a história de vida recupera e dá sentido ao conjunto da existência humana projetada em múltiplos âmbitos e colocada nos vários períodos da história pessoal, para chegar a este trabalho sobre a relação com os objetos.

Uma solicitação nascida também da consideração, da qual eu me encontro muito distante, de que, na maior parte das reflexões, o mundo material, inclusive o dos objetos, é considerado confuso e incompreensível até que não ache lugar no universo psicológico. É proposta uma estrutura organizacional, colocada internamente, que leva o nome de consciência, depois de aparato psíquico, depois ainda de mente; para poder funcionar, a mente precisa perceber-se unitária, consistente, assim como o sujeito tem necessidade de se pensar no interior de um projeto e de uma vontade própria que o determinaram.

Configura-se uma consciência que não é uma coisa entre as demais, mas o horizonte que contém todas as coisas. Portanto, o objeto material não tem uma existência fenomenológica fora da consciência que o observa e, uma vez percebido, pertencerá a ela, perdendo parcialmente a sua constituição como um dado da realidade. Bem depressa, essas teorias do funcionamento mental assumirão um caráter totalizante, colonizando todos os aspectos do real. Assistimos a um fato singular: quanto mais o pensamento evoluiu, mais o conhecimento sobre o homem e a natureza se tornou vasto e profundo, mais clara ficou, na teoria, a separação entre o mundo externo e o psicológico. Herbert Mead, um dos pais da psicologia, teorizou que o objeto material não está no mundo antes do ato perceptivo que o produz; não existe antes que possa ser identificado. Não tem vida autônoma, porque é a consciência que lhe dá valor e sentido. Fazendo uso de um paradoxo, é possível dizer que a consciência dá substância ao objeto, mesmo na sua acepção mais material.

Nas teorias de Freud, de Durkheim e, em uma escala mais reduzida, também nas de Jung, as coisas concretas desempenham um papel extremamente passivo, e o seu significado tende a ser uma projeção daquilo já conhecido pelo sujeito. No máximo, esboçando uma identidade com os processos psíquicos internos, os objetos agem como um catalisador para exprimir ou esclarecer um pensamento ou um sentimento já presente na pessoa.

> Os objetos da interação não têm caráter intrínseco por si mesmos, mas podem ter um efeito sobre as categorias do pensamento. Essas várias abordagens estruturalistas ecoam a tradição cartesiana ao considerar que os pensamentos nascem das estruturas da mente, e não da experiência. (Csikszentmihalyi – Rochberg-Halton, 1981, p. 44)

O próprio Piaget, embora tenha dedicado muitas páginas à descrição das crianças que brincam com as coisas, sustenta que os esquemas cognitivos são as formas *a priori* do pensamento, e o ambiente não se presta senão para ativar aquelas estruturas.

É incontestável que a aquisição da capacidade representativa se torna crucial para o crescimento psicológico pessoal; primeiro, a função representativa e, depois, a simbolização são decisivas para a construção de uma ordem mental adulta e sadia. O problema se coloca a partir de outro ponto de vista, a saber, quando as funções mentais vão além das próprias características intrínsecas e, consequentemente, criam uma relação artificial com a realidade externa. É assim que a realização de uma capacidade representativa se torna, por si mesma, a profanação das coisas, dos objetos; eles existem apenas enquanto símbolo e significado para nós, não se colocam fora desse cenário significante. A coisa existe porque posso pensá-la e posso pensar aquilo para o que a coisa me remete para além dela mesma: ela não existe senão como representante daquilo que eu tenho dentro de mim.

Essa atitude evidencia uma espécie de arrogância de uma mente que tudo cria e tudo guarda: como se renovássemos a ilusão de poder tudo nas coisas, de sermos os diretores e criadores do mundo. Uma presunção que deixa patente principalmente o medo da matéria e da natureza para operar sobre elas um significativo controle. Uma autonomia e um domínio ilusórios do pensamento nos embates do mundo físico.

Está disseminada a sensação de que estar subjugado às coisas pode ser o símbolo de um pobre desenvolvimento interior do indivíduo. Uma mente que não compreende cada coisa, que não lhe confere o sentido da sua existência, parece uma mente empobrecida, privada dessa comunhão com o objeto.

> De fato, a relação indivíduo-coisa e a relação objeto-sujeito, nos paradigmas da modernidade, supunham que o "desencanto" das coisas e da natureza, quase manipuláveis, permitisse um deslocamento dos valores simbólicos no interior do indivíduo livre. Problema colocado pelo cristianismo, que agora se desenvolve mais também graças à divulgação da ética protestante. No reconhecimento da universalidade da mensagem cristã-burguesa, a passagem do domínio do exterior ao comando do interior representou o modo como a cultura ocidental declarou a própria superioridade sobre os povos e as culturas "outras". (Iacono, 1992, p. 23)

Altivamente, "os sacerdotes mantêm um mínimo de ritualismo terapêutico, sempre em torno dos objetos: a cruz, o óleo santo, o sal e a água-benta, a imposição das mãos, a adoração das relíquias [...]. Tais objetos são uma concessão, não sem algum desprezo, e o povo sente bem isso" (Nathan, 2003, p. 232).

Os objetos como palavras

A relíquia é uma exceção, objeto de culto e de veneração na cultura católica, verdadeira transgressão de uma cultura materialista e racionalizante. Uma anomalia em flagrante contraste com as ideologias representativas dos objetos. Tem valor em si mesma, pela própria materialidade, por ter sido possuída por um santo e por ainda ser corpo e substância do santo. Tem, portanto, vida própria.

Trata-se de uma verdadeira singularidade na nossa cultura que, pelo contrário, tende a colocar em ação uma defesa racionalizante nas discussões sobre os poderes das coisas, defesa estruturada de modo profundamente diverso daquelas culturas que, em sentido contrário, reconhecem os poderes autênticos e a vitalidade dos objetos. São casos em que a defesa age de modo direto, atacando tais poderes e tal espírito vital.

O culto dos objetos divinizados foi muito amiúde entendido como fruto da incapacidade representativa de uma cultura que ainda não deu o passo fundamental para conceber os objetos como portadores de um significado alheio a si.

Certamente, em todas as culturas é urgente a necessidade de representar o inimaginável ou de dar uma aparência concreta a algo que não a tem. É bem difundida a concepção de que, quanto mais o representante se torna abstrato e desvinculado das características do representado, mais o sistema cultural percorreu um caminho evolutivo importante.

> Hoje temos muito mais vergonha dos nossos antepassados diante dessa companhia, tanto que tentamos removê-la, negando-a com a teoria da matéria inerte. [...]

Em várias culturas e por meio de diversos cultos, exprime-se o mesmo embaraço. Uma visão abstrata, iconoclasta, que quer deixar os valores fora das formas e negar às coisas do mundo o poder, mas o poder verdadeiro, não só da representação, mas também da representância, da epifania, está fadado a privar de sentido a companhia dos objetos. Em vez disso, eles constituem a desculpa tangível e imanente pela qual é possível dar uma fisionomia às ideias, dar-lhes carne (de madeira, de pedra, de água, a carne do mundo).

Nesse sentido, ocupar-se dos objetos, da relação deles conosco, significa admitir, ao menos em parte, que não somos apenas nós a ver o mundo, mas que também ele tem um olhar que cabe a nós ativar e, talvez, depois, descobrir". (La Cecla, 1998, p. 31)

É na presença de dois sistemas que diversas simbologias, significados e projeções incidem sobre o objeto. O nosso sistema propõe a neutralidade dos objetos e nega a relação afetiva que pode se realizar com eles. "Os sistemas indígenas levam a sério a relação, o afeto com as coisas. As coisas moram dentro do mundo indígena com dignidade e afeto, caráter e personalidade de verdadeiros agentes da esfera social e simbólica" (La Cecla, 1998, p. 10).

Dizíamos que, conforme um pensamento que vem se tornando dominante, quanto mais os atributos da concretude colaboram para descrever a divindade, mais expressam uma incapacidade de representação. Concepção teórica de origem iluminista:

> Exprime a ideia do progresso dos povos como processo de descolamento das coisas, no mesmo momento em que as coisas podem ser dessacralizadas ou manipuladas. É a passagem do concreto ao abstrato que, na religião, vai da divinização das coisas sensíveis à imagem de um deus inimaginável. (Iacono, 1992, p. 22)

Em uma análise mais atenta, o culto que se exprime mediante representações concretas do divino reconhece a alteridade, o divino enquanto outro além de si. A sua representação através do objeto é o que salva a transcendência, porque a eleva de uma imanência. O próprio diálogo com o divino, diante da imagem que o representa, é um diálogo com uma alteridade definida à qual se pede, se questiona, se doa, se promete, se reclama etc. Existe sempre um outro ao qual se refere, que é um outro definido justamente em virtude da imagem que dele foi dada. Seria possível concluir que, sem representações concretas, sem objetos, não existe transcendência. É precisamente o contrário do que certo pensamento racionalista, e mais tarde um pensamento iluminista, sempre sustentou.

Os objetos como palavras

Durante a Reforma, a crítica mais radical ao catolicismo era exatamente a veneração de ídolos e de objetos, o seu excesso durante a celebração do culto. Em contraposição a essa modalidade de viver o sagrado, a Reforma redesenhou o lugar da prática religiosa, despojando-a de qualquer objeto que pudesse ativar o desejo da veneração idolátrica. Resta apenas o símbolo da cruz, sobre a qual não se colocou o corpo de Jesus Cristo. Existe uma noção essencial de que o culto à divindade não pode transitar por uma imagem, por um objeto, por uma efígie, mas que se deve externalizar na relação com a ideia, com a representação mental da própria divindade, ou seja, com a ilusão de uma relação com uma alteridade, o divino, que, inversamente, está somente dentro de nós mesmos e é representado por nossa mais profunda intimidade. O diálogo ou a relação com o sobrenatural não parece ser outra coisa que não o exteriorizar-se de uma relação muito particular com a própria intimidade e tem pouco a ver com o próprio divino, a não ser que se confunda a própria intimidade com o transcendente. Revela uma ideia de transcendência muito mais imanente do que se possa pensar, justamente porque se situa na mente de qualquer um, ou melhor, é a mente de qualquer um. Contudo, a intenção inicial era a de elevar os cultos afundados em uma relação idolátrica com as coisas na direção de uma verdadeira transcendência, a fim de que as pessoas pudessem ter um acesso imediato e direto ao divino.

Essas reflexões lembram o que foi teorizado por Lévi-Strauss (1990), através de um sistema que valoriza o que ele chama a "ciência do concreto" ou "o pensamento mítico", em contraposição ao moderno pensamento científico. Dois caminhos autônomos do pensamento, muito mais do que dois estágios da evolução do pensamento humano. A ciência do concreto, baseada na observação do mundo sensível em que dominam os fenômenos relativos aos objetos materiais, cria estruturas mentais derivadas do significado emergente dos eventos individualmente considerados.

Ele recorre ao conceito de *bricolage*, aquela atividade possibilitada pelo uso sistemático dos instrumentos previamente disponíveis. O *bricoleur* tem relação com os utensílios que possui, os quais constituem seu recurso para a realização de um novo produto.

Os objetos e a vida

E ele não será jamais outra coisa que não aquilo de que é constituído e não se afastará do conjunto instrumental, senão pela diversa disposição das suas partes.

Da mesma forma, a reflexão mítica se coloca como uma mescla entre os objetos derivados da própria percepção e o mundo conceitual. Não é possível arrastar para longe dos lugares concretos onde apareceram os objetos dos quais se tomou consciência; deve-se ficar colado neles. Entre a imagem obtida da percepção e o relativo conceito, existe um intermediário, o signo, que sustenta porções de significante e de significado. O signo tem a mesma concretude da imagem, mas se parece com o conceito de espaço transicional por seu poder referencial.

A característica do pensamento mítico é utilizar resíduos de eventos,

> testemunhos fósseis da história de um indivíduo ou de uma sociedade. [...] A ciência cria os seus instrumentos graças às estruturas que fabrica sem descanso e que são as suas hipóteses e as suas teorias. [...] A poesia da bricolagem nasce, também e sobretudo, do fato de que ela não se limita a levar a cabo ou a executar, mas "fala", não apenas com as coisas, como já demonstramos, mas também por meio das coisas: narrando, através das escolhas que opera entre um número limitado de possibilidades, o caráter e a vida do seu autor. Mesmo sem jamais conseguir adequar o seu projeto, o *bricoleur* sempre coloca nisso qualquer coisa de si. (Lévi-Strauss, 1990, p. 34)

E é precisamente a partir do fato de que os objetos contam sobre o seu autor, que neles sempre se encontra algo de quem os possui, que é necessário, ao abordar os objetos, escolher um caminho que os considere o fruto de uma mistura homogênea de fisicidade e de psiquicidade, de matéria e de mente, para que se realize uma estreita continuidade de sentido entre o dentro e o fora.

O fora, o objeto, a matéria, concorre para materializar o dentro, o mundo das ideias, o psíquico. Entre o dentro e o fora, entre a consciência e os objetos, existe uma continuidade de sentido. Aquilo que perdura, obviamente, é uma descontinuidade de substância: substância psíquica e substância material.

Bateson sustenta que, à luz dos estudos da cibernética, da teoria dos sistemas e da teoria da informação, o velho dilema entre ser a mente imanente ou transcendente foi resolvido a favor de sua imanência.

> Pode-se afirmar que *qualquer* conjunto dinâmico de eventos e de objetos que possua circuitos causais oportunamente complexos e nos quais vigorem relações energéticas oportunas mostrará seguramente características próprias da mente. (Bateson, 1976, p. 346)

As características mentais são inerentes ou imanentes no conjunto enquanto totalidade. Levando em consideração um indivíduo que está derrubando uma árvore com um machado, cada golpe que ele dará será modificado conforme o entalhe deixado pelo golpe precedente. Esse procedimento, ele diz, é possível por causa de um sistema total: árvore-olhos-cérebro-músculos-machado-golpe-árvore. É este sistema total que tem as características de uma mente imanente.

Segundo o pensamento comum, seríamos levados a dizer "eu corto a árvore", declarando implicitamente que existe um sistema identificável no eu que executou uma ação sobre um objeto bem determinado. Desse modo, confina-se a mente no interior do homem, e, ao mesmo tempo, a árvore é reificada.

Vejamos o exemplo. Na máquina a vapor existe uma parte do motor chamada "regulador". Seu funcionamento é determinado também por seu comportamento anterior, pela memória da sua ação, tanto que as características mentais do sistema são imanentes, não como parte sua, mas no sistema como totalidade.

Desenvolvendo o pensamento de Bateson, no ponto em que ele fala de algo que tem um significado bem mais amplo do que o Eu, seria possível dizer que a mente se define e se reconhece por ser algo que vai muito além de si mesma. Algo que se prolonga, que se espalha nos objetos que atinge. Antes de tudo, nos objetos que cria. O pensamento se concretiza no objeto, se substancia nele.

Assim como a alça de um vaso, no escritório de Simmel, é um prolongamento da mão que a agarra, extensão de um órgão do corpo. A mão já é, em si mesma, instrumento da alma. A mão e a alma aparecem separadas, mas tal separação não impede que estabeleçam uma íntima unidade. "Justamente o fato de que são distintas e, ao mesmo tempo, interpenetradas é que constitui o segredo indivisível da vida. Mas esse segredo supera a extensão imediata do corpo e inclui em si o 'instrumento'" (Simmel, 2007, p. 13).

Os movimentos mais significativos da mente deixam pegadas de sua atividade em cada manifestação, da mais imaterial até a mais concreta. Seria possível dizer que tudo está impregnado de psique, não apenas a própria psique. À primeira vista, poderia parecer um paradoxo, mas, na verdade, responde às modulações concretas da vida psíquica. A sua característica "virtuosa", a extraordinária força que tem, todo o seu fascínio consiste em estar por toda a parte, presente nas palavras, nos corpos, nos objetos e nos lugares modelados por suas ações, segundo graus, intensidades e concepções diferentes. Tal visão se aproxima de uma espécie de panteísmo materialista, em que as fronteiras entre a pessoa e o ambiente, entre o Eu e o outro, são muito mais confusas e irregulares do que se possa pensar (Starace, 2004).

Esse é o horizonte teórico em que se pretende colocar este livro. Nos próximos capítulos serão traçados os princípios regulatórios da formação do *self* em estreita relação com os objetos, assim como estes últimos funcionam em apoio das relações entre as pessoas, a começar das mais íntimas.

A história, porém, tem o seu curso. Os acontecimentos ligados à produção de mercadorias tendem a influenciar profundamente a relação que tecemos com os objetos. Se, por um lado, existe uma dimensão da relação entre pessoa e natureza que concorre para estruturar o psíquico e para manipular e mudar o mundo material, por outro lado alguns processos ligados à produção de mercadorias agridem essa relação e tendem a deturpar a natureza.

Os objetos como palavras

Embora seja difícil que uma relação afetiva com os objetos possa desaparecer, todos nós podemos ver que, em tempos de consumo em que as aquisições e destruições se sucedem de modo frenético, os objetos sofrem uma transformação irreversível.

II. NA VIDA INTERIOR

1. Os objetos e o corpo

William James, o primeiro psicólogo a elaborar de modo completo o conceito de *self*, com a intenção de construir uma definição ampla e articulada de pessoa, fez uma distinção entre as diversas expressões do *self*. Falou do *self* espiritual, isto é, daquela parte do mundo interno que pode ser definida como "o lugar da intimidade". É aí que se constroem e se conservam as experiências mais profundas e mais privadas que cada sujeito guarda com zelo extremado: o núcleo profundo da pessoa.

A ele, ao *self* espiritual, contrapõe-se o *self* social; se o primeiro se constrói na completa intimidade e na distância dos olhares alheios, o segundo, o *self* social, ativa-se no encontro com o outro, de cuja relação extrai um alimento fundamental. Trata-se, de fato, do *self* que se alimenta dos espelhamentos do exterior; molda-se com base neles, reage e se conforma às demandas que dali se originam.

O *self* por ele elaborado e que nos interessa mais diretamente, e que, no fundo, é o *self* que estabelece os fundamentos da pessoa, é o *self* corpóreo. Experiência primordial que, antes de tudo, permite perceber a si mesmo como uma entidade física, desdobrada no espaço, única pela própria conformação. Poderíamos dizer, objeto entre outros objetos. Na discussão desse aspecto singular do mundo psicológico, James acrescenta que o *self* corpóreo não pode ser considerado em si mesmo, mas tem necessidade de ser observado com todos os seus possíveis ornamentos e apêndices. Primeiro, com sua vestimenta. Um corpo nu não tem tanta expressividade quanto um corpo vestido, porque os objetos que o cobrem e o adornam são o meio essencial para entrar em contato com aquela pessoa específica. Sem eles, aquele seria um corpo que não fala, não transmite história.

Os objetos e a vida

Não por acaso, na trágica experiência da Shoá*, os prisioneiros eram, antes de tudo, despojados das suas vestes e cobertos com um tecido listrado igual para todos. Vinham privados de sua identidade; sem roupas, haviam perdido qualquer indício de humanidade, perdiam sua história, tornavam-se simplesmente corpos, matéria.

Não apenas as vestes; a estas se juntam todo tipo de ornamentos, das tatuagens às joias, dos *piercings* a outras transfigurações possíveis. Objetos que enfeitam e definem ao mesmo tempo, que expressam pertencimento, revelam histórias. Objetos corpóreos que, por sua vez, manifestam todo gênero de metamorfose ao longo dos anos do indivíduo. Compõem uma necessária unidade que consegue definir aquele corpo como o corpo daquela pessoa.

De uma história clínica. Um homem conta que vai comprar roupas com a mãe, o que sempre provoca críticas ásperas de sua noiva. Recorda que a mãe, quando ele era pequeno, o vestia de modo ridículo: calças curtas, camisa branca e gravata-borboleta. Seus trajes atuais lembram os do passado: gravata com desenhos de animais, broches espalhafatosos e outros ornamentos. Por uma vestimenta bizarra, ele volta a propor aquela aparência que havia sido fonte de tanto sofrimento durante a infância, resíduos infantis não elaborados.

É possível que aqueles aspectos profundos relativos à sua história passada e representados na vestimenta bizarra, uma vez submetidos à análise, possam produzir uma mudança nas suas representações externas. Aqui se vê como, em cada expressão, a vestimenta pode constituir um verdadeiro prolongamento de partes internas.

Mas atenção. Geralmente, o que é exterior, material, foi considerado exclusivamente um representante de aspectos ou funções internas. O externo, portanto, significa outra coisa, se constitui como uma representação de outras entidades, até ser absorvido.

O que é "externo", pelo contrário, está em estreita e autônoma continuidade com o que é "interno". É fruto de uma metamorfose que, a partir de uma absoluta imaterialidade, se converte em matéria perceptível ao tato e ao olhar. Continuidade de sentido (trata-se da

---

* Termo hebraico para Holocausto. (N. T.)

mesma experiência psicológica e emocional) e descontinuidade de substância (a substância psíquica e a substância material são radicalmente diferentes sob esse ponto de vista, antitéticas). Um ir e vir, com um movimento circular, entre o dentro e o fora, sem um momento de início, em que cada um conserva as próprias características de base. Vejamos outros dois breves exemplos.

Elena compareceu à sessão com um vestido florido. "Não seria justo", disse, depois de se deitar no divã. As roupas que vestiu todos os dias, por muitos anos, eram geralmente de cor marrom. Para ela, são como um uniforme, porque a escondem, não a tornam visível aos outros. "É preciso ser neutro, não aparecer." O marrom é a cor da insatisfação, é uma barreira contra o externo, não deixa transparecer o que está em movimento dentro. "Tanto que os outros, apesar de tudo, não me veem." O marrom é a cor do bom samaritano, aquele que dedica toda a sua vida aos outros, é a cor do sacrifício. E é o uniforme adaptado à sessão, porque aquele é o lugar aonde se levam os sofrimentos e as dores da vida, jamais as coisas belas, a alegria.

Algo sobreveio sucessivamente. Tornou-se mais "visível", expôs-se mais ao olhar do outro, tem uma vida mais livre e experimenta mais prazer nas coisas, mas está também mais exposta à tirania do superego, que não tolera essas mudanças: as roupas coloridas, a sua alegria e o seu relaxamento. Uma luta interna que volta e meia vê a nova ordenação prevalecer sobre a vida castigada pelas cores opacas e pudicas, sobre o marrom que por tanto tempo a tinha acompanhado. Uma nova sensualidade envolve o corpo, adornando-o e produzindo uma experiência existencial que parte do corpo e das suas vestes e se irradia sobre toda a vida interna. A experiência existencial de sentir o próprio corpo recoberto e enfeitado de roupas cheias de cores reverbera no mundo interno, mudando as tonalidades do humor, amenizando as tintas sombrias das proibições e das inibições com leveza de traços suaves e coloridos. Triunfo de uma capacidade completamente feminina de estar no mundo. Uma sabedoria que não diz respeito apenas ao estilo e à cor, mas também à consistência, ao tecido mais adaptado a cada circunstância. Se é próprio do macho o vestuário que baseia as suas formas nas divisas militares e é própria dos machos a dureza dos metais e das armaduras, a maciez pertence às mulheres.

> Gostamos de passar a mão pela peliça, queríamos que a seda deslizasse sozinha pelo dorso de nossas mãos. A peliça pede uma carícia ativa; a seda acaricia com suavidade uniforme uma epiderme que se sente transformar em passiva; porque ela revela, por assim dizer, uma espécie de nervosismo em seus rumores e crepitações. (De Clérambault, 1994, p. 81)

O vestuário feminino é uma maneira de estabelecer ordem e sentido ao próprio corpo, é o que cobre e protege as suas partes especiais, mas, ao mesmo tempo, é aquilo que seduz.

> Existe na nossa época uma estranha mistura entre o íntimo que recobre e o que seduz, entre o que protege e o que adorna, e essa ordem ocupa na mente de cada mulher uma latitude diferente. Não por acaso, as mulheres percebem a violência e o desejo da abordagem masculina não somente sobre o corpo, mas justamente sobre o que vestem, transformado em um duplo diáfano e perturbador. (Anselmi, 2008, p. 100)

Em um contexto totalmente diferente, Frantz Fanon conta a experiência das mulheres revolucionárias argelinas no cerne de suas ações terroristas durante a luta de libertação contra o colonialismo. Para poder agir e ter acesso fácil às áreas frequentadas pelos franceses, deviam despojar-se das roupas do dia a dia, mas sobretudo do véu, e usar a vestimenta dos colonizadores. Calças simples ou saias que deixavam partes do corpo expostas. Experiência que tais mulheres não estavam acostumadas a ter em ambiente diferente do privado. Suas narrativas falam de corpos que se esticam, que se tornam grandes e visíveis.

> O véu protege, tranquiliza, isola. É preciso ter ouvido as confissões das argelinas, analisar o material onírico de algumas delas, recém-desveladas, para mensurar a importância do véu no corpo vivo da mulher. Impressão de corpo desmembrado, lançado à deriva: os membros parecem alongar-se infinitamente. Quando a argelina

precisa atravessar uma rua, por muito tempo subsiste um erro de avaliação acerca da distância a percorrer. [...]

A ausência do véu altera a imagem corpórea da argelina. Ela precisa rapidamente conceber novas dimensões para o seu corpo, novos meios de controle muscular. Deve inventar para si uma maneira de andar de mulher-sem-véu-fora-de-casa. Precisa romper com toda timidez, toda falta de jeito (porque precisa passar por europeia), evitando, ao mesmo tempo, o exagero, a cor vistosa demais, que chama a atenção. A argelina que entra nua na cidade europeia redescobre o seu corpo, recria-o de uma maneira totalmente revolucionária. Essa nova dialética do corpo e do mundo é essencial, no caso da mulher. (Fanon, 1963, p. 46)

À luz das considerações anteriores e desses exemplos, podemos definir o corpo, nas suas relações com o mundo interno, como o *corpo que se é*. É um corpo que, também em virtude das suas ornamentações e do que o veste, se faz sujeito. Estamos, por assim dizer, em um regime de pura subjetividade. Há uma definição, entre as mais agudas da discussão fenomenológica, sobre a nossa experiência do corpo, que diz: "O meu corpo é a forma pela qual o meu eu se manifesta no mundo externo" (Matteucci, 2004, p. 28); é, seguramente, eficaz, mas poderia ser proveitosamente repensada também pelo seu avesso, ou seja: o meu Eu é a forma pela qual o meu corpo se manifesta no mundo interno.

Nas reflexões de James sobre corpo e objetos, encontramos outra definição, diferente da anterior. Diferente daquela significação do corpo estabelecida como o *corpo que se é*.

> *Considerado no sentido mais amplo possível, o self de um homem é a soma total de tudo aquilo que ele "pode" chamar de seu*, não apenas o próprio corpo e as suas faculdades psíquicas, mas as próprias vestes e a sua casa, sua mulher e os filhos, os antepassados e os amigos, a própria reputação e o seu trabalho, as suas terras, os seus cavalos, o próprio barco e a conta bancária. (James, 1999, p. 87)

Os objetos e a vida

Aqui, os objetos e o corpo, os objetos do corpo e o próprio corpo concorrem para construir e determinar de modo significativo o sistema identitário. Embora ele se afaste daquelas teorizações que pretendiam um corpo como portador de órgãos sensoriais, veículo de movimentos cinestéticos e locomotores e instrumento de inserção do homem no mundo externo, com aquela definição concorre para uma objetivação do corpo e de tudo o que a ele está ligado. Poderíamos dizer: "Aquela mulher tem belas pernas". Ela possui as suas pernas, assim como poderia possuir uma casa ou um carro. Aqui, o objeto corpo permanece como objeto. Mas a fronteira entre objeto e sujeito é instável, porque aquela mulher tem belas pernas, mas é também a mulher das belas pernas, da bela casa. Tais objetos lhe pertencem tanto que se tornam partes constituintes da pessoa; partes que se chocam com o todo até se fundirem em uma totalidade. Aqui, a seguir, uma famosa discussão entre dois amantes, tirada do filme *Le mépris* [O desprezo], de 1963, de Jean-Luc Godard.

>Você vê meus pés no espelho? – Sim – São bonitos? – Sim, muito – E os tornozelos? – Também – E quanto aos joelhos? – Gosto bastante – E as coxas? – Também – E o bumbum, dá para ver? – Sim – Você gosta da minha bunda? – Sim, bastante – Meus seios, você gosta? – Muitíssimo – Você prefere os seios ou os mamilos? – Os dois – E as costas? Não me parecem bem redondas. E os braços? O rosto também? – Também – Tudo? A boca... os olhos... o nariz... as orelhas... – Tudo – Você me ama totalmente... – Totalmente, carinhosamente, tragicamente – Eu também, Paul.

Aqui, o objeto mantém uma autonomia própria ao qualificar o sujeito: o corpo, enquanto objeto possuído, é um *primum* que qualifica a pessoa.

Existe uma descontinuidade entre objeto e pessoa: entidade quase à parte, tanto que não mais é oportuno falar do *corpo que se é*, mas do *corpo que se tem*. Uma descontinuidade inicialmente existente que encontrará depois um momento de convergência e de difusão, quando o sujeito assume inteiramente em si o objeto, classificando-se por ele.

Essa fusão irremediavelmente desaparece com a morte. Em vida, homem e corpo são sinônimos; na morte, existe um homem e existe o seu corpo.

> Digamos: "este é o corpo de X", como se aquele corpo, que por um período foi o próprio homem (não alguma coisa que o representava ou que lhe pertencia, mas exatamente o indivíduo de nome X), de repente não tivesse mais importância alguma. Quando um homem entra em um quarto e lhe apertamos a mão, não temos a impressão de apertar a própria mão ou o corpo, mas ele. A morte modifica essa condição. Este é o corpo de X, não X. (Auster, 1997, p. 12)

2. A ESTRUTURAÇÃO DO *SELF*

No mundo fechado de seu banheiro, Barbara se olha no espelho todos os dias, examina rigorosamente as linhas do seu corpo, a sua barriga, as pernas; observa atentamente se tem havido mudanças e de que espécie. Agora deseja que o seu corpo, tão magro e essencial, recupere algumas formas, aquelas que, faz algum tempo, ela reduziu tão drasticamente. Nota com satisfação que alguma coisa está mudando. Porém, na sua vida em frente ao espelho, entra em cena outro objeto, tão insignificante quanto opressivo para ela: a balança. Aquilo que havia conquistado com a sua imagem no espelho perde pouco depois sobre a balança. O peso atingido lhe impõe que preste atenção à alimentação, que não se exceda e renuncie tanto quanto possível a qualquer tipo de alimento. No encontro com esses dois objetos estabelece-se um conflito insanável que a segura então há tempos e do qual luta para sair. O espelho, o espelho benéfico, entrou na sua vida e levou o crédito por se colocar como solícita testemunha em uma aliança virtuosa. Mas a conquista das formas perdidas do seu corpo é atormentada e atentamente vigiada pela balança que lhe indica, com precisão matemática, o que deve e o que não deve fazer. Dois objetos que se desafiam reciprocamente: um confia os seus resultados ao juízo, deixa margens amplas de discricionariedade, permite comentários condescendentes, ratifica a dignidade de uma percepção individual, deixa transparecer absolutamente a existência do desejo. O outro dita normas cortantes e drásticas, propõe o caminho certo a seguir, usa a si mesmo como instrumento que não deixa dúvidas e alternativas, porque um número não pode ser contestado.

O espelho, objeto denso e importante, tem uma história antiga; frequentemente foi colocado nas fronteiras entre o externo e o interno. À parte suas características etimológicas – *reflectere* quer dizer especular, refletir –, revelou-se como objeto simbólico do trabalho do espírito, do pensamento profundo (Anselmi, 2008). Conta-se que Sócrates incitava seus discípulos ao uso do espelho a fim de que conhecessem a si mesmos. "Mirar-se no espelho é o meio mais seguro de triunfar sobre os vícios e dominar as paixões. Assim Sócrates convidava os jovens a se olharem sempre, a fim de que, se fossem belos, se tornassem dignos disso, e, se fossem feios, escondessem a sua desgraça com a educação" (Rigotti, 2007, p. 56).

Objeto tipicamente feminino, pode ser também traiçoeiro, distrai e violenta a verdadeira imagem do *self*. O espelho é testemunha de tudo o que transita sobre o corpo, das intervenções pelas quais ele é adornado, protegido, exaltado.

Esse trabalho sobre o corpo é um verdadeiro trabalho psíquico que está na base da estruturação do *self*. A conquista de uma ordenação integrada e madura é fruto de um processo muito complexo, que emprega mais partes da pessoa, entra em contato com múltiplas figuras e perdura no tempo.

> Os objetos materiais que nós usamos não são apenas instrumentos que reunimos ou descartamos segundo a sua conveniência; eles constituem o tecido da experiência que dá ordem a nosso *self* privado de formas. (Csikszentmihalyi – Rochberg-Halton, 1981, p. 16)

No percurso evolutivo, os objetos desenvolvem um papel primário e desenham uma fenomenologia da idade com a sua presença na vida da pessoa. Objetos significantes ao longo de todo o percurso de vida são parte integrante da estruturação do *self* e da manutenção de sua ordenação sadia.

A identidade pessoal é, portanto, a identidade de todas as coisas – dos brinquedos, das roupas pouco a pouco abandonadas, da primeira bicicleta motorizada, e assim por diante –, e os nossos numerosos *eus*, dos quais tanto estamos falando, nas suas transformações e reaparições, são *também* todas essas coisas.

Não éramos talvez *aquela* bicicleta vermelha? Não éramos *aquele* caderno ou *aquele* primeiro batom ou *aquele* peixe de aquário? E não acontece o mesmo hoje? E, amanhã, a velhice não será feita de coisas ciosamente colocadas nos seus lugares? É verdade que as coisas têm lágrimas, porque somos nós que as fazemos chorar ou porque não podemos impedir que isso aconteça, olhando para elas ou reencontrando-as depois de mil anos. (Demetrio, 1995, p. 110)

Desde o nascimento, acompanham-nos, inicialmente com características muito particulares. No mundo original da criança, existe uma densidade primordial na qual tudo é necessariamente presente e também totalmente misturado: palavras, objetos, pessoas. Um universo em que é difícil, senão impossível, isolar um elemento do outro: esse magma interior de composição variada encontra uma via expressiva e um significado apenas na sua totalidade e indiferenciação.

Uma distinção inicial entre externo e interno, entre pessoa e coisa, entre objeto real e objeto imaginário acontece conforme duas linhas, complementares e integradas, marcam de modo claro a função dos objetos nesse processo.

A primeira modalidade vê o objeto material constituir-se como uma parte do *self*; a segunda, como o receptáculo de partes não desejadas do *self*. Portanto, o primeiro integra o objeto, tornando-o próprio; o segundo expele o objeto para que possa recolher aquelas partes do *self* não desejadas. Ambas são atividades estruturantes, mas o movimento, ou melhor, a direção que elas assumem é diferente, senão oposta: a primeira, do externo para o interno, a segunda, do interno para o externo.

Os objetos e a vida

A primeira dinâmica a que se fez referência, que vê o objeto como uma parte integrada no *self*, emerge com clareza nas manifestações psicopatológicas do autismo. Com elas, conseguimos trazer à luz também os processos normais.

Autismo, literalmente, significa "viver nos limites do *self*". A um observador, uma criança autista parecerá centrada em si, com pouca reação nos embates com o mundo exterior. Os objetos autísticos podem ser partes do corpo da criança ou então, mais frequentemente, partes do mundo exterior experimentadas como partes do próprio corpo. O todo ocorre segundo modulações que variam de criança para criança.

> Matthew tinha quatro anos e fazia parte de um grupo de oito crianças em uma creche. Matthew estava manipulando uma porção de massa mole. Enquanto apertava fortemente com as mãos a massa contra o peito, disse: "Sou eu! Sou eu!". Colocou a massa entre suas nádegas e a cadeira e sentou em cima, esmagando, assim, a massa com um formato de um pão bem grande. [...]
>
> Surpreende o modo diverso com que as outras crianças faziam uso da massa. Para Wendy, era um pão que ela fatiou. Para Bruce, era uma ladeira para os seus diversos automóveis. Jacob nunca a usou realmente e ficou a observar as outras crianças. (Tustin, 1975, p. 77)

Frances Tustin conta ainda de outra criança, Sarah, que, de modo não espontâneo, apertava na mão uma concha de formas arredondadas. Um ato interpretado por ela como uma tentativa de reviver as satisfações sensoriais básicas com o objetivo de represar uma espécie de anulação devida a experiências de privação. A criança tinha necessidade de sentir a concha como uma extensão do próprio corpo. Junte-se a isso o fato de que certo tipo de criança psicótica tem obsessão por objetos mecânicos duros, como trens e automóveis. A sua consistência sólida representa a ossatura rígida do *self*. Neles, tais crianças percebem a propriedade de evitar desastres, exatamente como determinados adultos usam amuletos e talismãs. Frequentemente dormem com um trem ao lado, da mesma maneira que uma criança normal teria um ursinho de pelúcia; não se permitem objetos macios porque eles próprios não têm aquela consistência suficientemente sólida capaz de sustentar o próprio *self*. Nesses casos, os objetos quase têm a função de partes materializadas da psique. Como em um episódio ocorrido em um hospital psiquiátrico de Nápoles. Tommasella, uma interna de longa data, costumava jogar as pontas de cigarro sob a cama. Um dia, uma arrumadeira, contratada havia pouco tempo, recolheu todas as pontas de cigarro e as jogou fora. Em vista do chão limpo e da perda súbita, Tomasella se desesperou e passou a ficar sempre vigilante para evitar que se varresse debaixo de sua cama, que fosse varrida uma extensão do próprio *self* (Russo, 2011).

Como se apontou, existe também uma dinâmica de tendência oposta: partes separadas da psique que não podem ser reconhecidas como próprias são projetadas sobre o objeto externo. É assim que este último se configura como extensão da vida interior.

Segundo Melanie Klein, quando a criança percebe o objeto total, isto é, a mãe na sua inteireza, fica intensamente preocupada de tê-la danificado durante as fases anteriores, quando atirou-se sobre os seus objetos parciais, entre os quais, por exemplo, o seio. A criança poderá sentir-se profundamente culpada e terá um intenso temor de possuir em si as partes malvadas que produziram dano sobre o objeto. Projeta fora de si, expele aquelas partes agressivas, depositando-as em objetos inanimados. Esta é a razão pela qual as crianças, com muito espanto por parte dos adultos, são tão atraídas por monstros ou por desenhos cheios de personagens de aspecto muitas vezes perturbador.

Tommaso, como fazem muitas crianças, amava brincar com os monstros: figuras do espaço, em particular os personagens de *Guerra nas estrelas*. Tendo pouca experiência de relação com as crianças, um dia eu o presenteei com uma roupa em que estava estampada a "fazenda dos animais": galinhas, ovelhinhas, cavalinhos, vacas malhadas e de cor marrom, cabras e outros animaizinhos do gênero. Quando lhe dei o presente, pôs-se a chorar e gritou: "Que nojo desses animais, não quero, mas por que você comprou isso para mim?". Dando-lhe de presente aquelas criaturas dóceis, eu lhe retirara os objetos das suas projeções.

Os objetos e a vida

Se tal espécie de objetos torna-se o receptáculo de partes cindidas e volta à vida através dos conteúdos que já foram depositados, existem outros objetos que, em sentido inverso, se tornam o receptáculo da própria agressividade: simplesmente objetos a serem danificados. Alguns desses, por sua particular consistência, são mais tradicionalmente procurados. Pensemos nos vidros e imaginemos uma cena à qual talvez tenhamos assistido, ou da qual nós mesmos tenhamos participado ativamente.

Um bando de moleques vaga pela cidade, descobre uma casa abandonada e se diverte quebrando os vidros. Passa outro bando e faz o mesmo: outros vidros são quebrados. Além dos episódios em si, são interessantes as consequências que deles se originam.

Uma pesquisa conduzida por sociólogos americanos pôs em evidência o fato de que um comportamento danoso para com objetos já parcialmente quebrados se amplifica exponencialmente. Isso significa que uma casa que já se apresenta com os vidros quebrados induz ao dano e à quebra dos vidros que estão íntegros também. Se, pelo contrário, o vidro quebrado é prontamente reparado, haverá uma notável redução de dano a toda a estrutura. Esse comportamento foi definido como "a síndrome do vidro quebrado".

No elevador do edifício em que moro aconteceu algo parecido. Alguém gravou na madeira da parede o próprio nome. Poucos dias depois, havia outro talho na parede oposta, e assim por diante, em todo espaço livre possível. O elevador foi reparado, e, por um período discretamente longo, nenhum outro talho foi feito.

Um objeto completamente intacto induz a um comportamento de maior respeito e tutela. O objeto em ruínas, ao contrário, ativa comportamentos danosos, como se se voltassem com raiva sobre tais objetos e os arruinassem posteriormente para puni-los pelo fato de se apresentarem arruinados.

Por esse motivo, o cuidado com os ambientes, a escolha dos materiais e a reparação das coisas quebradas têm um alto valor simbólico e uma validade psicológica fortemente positiva. Os impulsos destrutivos são represados a partir do momento em que não encontram externamente representados os próprios motes agressivos.

No desenvolvimento normal, a mistura entre objeto, palavra e pessoa, tal como emergiu desses breves panoramas da vida psicológica infantil e adolescente, pouco a pouco se perde, porque se consolida cada vez mais a capacidade de simbolização que tende a se sobrepor à materialidade das coisas.

Segundo Searles (2004), a possibilidade de estabelecer relação com o mundo externo é dada pela aquisição de uma posição original de distanciamento em relação a ele. Se aplicarmos esse conceito à relação entre o homem maduro e o mundo não humano, devemos observar se ele foi capaz de distanciar esse mundo, antes de entrar em contato com ele, alcançando assim um grau suficiente de separação.

Algumas manifestações psicopatológicas nascem justamente da incapacidade de operar tal separação e de instaurar dentro de si mesmo uma completa e eficaz atividade de simbolização, ou seja, de conseguir descobrir ou reencontrar o sentido das coisas. Nesses casos, os objetos entram em contato com a pessoa exclusivamente pela sua materialidade, pelo seu ser coisa. Não possuem atributos que ultrapassem a sua simples existência material.

Na experiência analítica, está cada vez mais frequente encontrar pessoas que têm prevalentemente a linguagem da concretude, da materialidade, e que não conseguem fazer surgir qualidades e características que atraiam outras dimensões pertencentes a um registro simbólico. Como já vimos anteriormente, uma escassa presença de atividades lúdicas, apoiadas em objetos materiais durante a infância, leva, na idade adulta, a uma relação deficiente com os objetos.

A verdadeira constituição de uma relação significativa com os objetos se dá naquela fase do desenvolvimento infantil em que a criança tem a capacidade de usá-los, percebendo-os em sua independência e materialidade, e, ao mesmo tempo, elevando-os a interlocutores privilegiados da própria experiência emotiva.

É assim quando a criança escolhe um objeto específico para ter sempre consigo, para obter a ilusão de uma presença materna contínua. Tais objetos, definidos por Winnicott como transicionais, geralmente são macios e pequenos, como um bicho de pelúcia, uma manta, um lenço, e têm um odor característico irremovível, porque inerente a ele.

Winnicott sustenta que a concretude desses objetos é sua característica mais importante. Seu valor está tanto naquilo que são quanto naquilo que representam. Colocam-se no interior da experiência de ilusão criativa que torna possível a aceitação progressiva da realidade em suas especificidades. É uma zona intermediária de experiência que prefigura a relação do sujeito com a realidade e, mais do que nunca, é ativa na experiência artística, na religião, na vida imaginativa e no trabalho científico.

> Assim, penso eu que os objetos transicionais não terminam jamais, pelo menos não em uma condição saudável. Se se tornam uma arte perdida, trata-se de uma doença do paciente, de uma depressão: algo equivalente à reação contra a privação na infância, quando os objetos transicionais ou os fenômenos transicionais tornam-se temporariamente (ou talvez permanentemente) privados de significado ou desaparecem completamente. (Winnicott, 1995, p. 72)

Herta Müller, no discurso feito por ocasião da entrega do Prêmio Nobel de literatura, contou alguns fatos de sua vida ligados a um pequeno objeto pessoal, um lenço. A mãe queria que ela sempre levasse consigo um lenço, e ela havia sempre seguido o seu conselho. Um dia, na fábrica em que trabalhava, Herta foi subitamente demitida, e, tomada de angústia em vista dessa notícia, subia e descia as escadas sem trégua, procurando um novo lugar para si, que, no entanto, não encontrava. A certa altura, lembrou-se de ter consigo um lenço; ela o estendeu em um degrau, esticou-o com cuidado e sentou-se sobre ele. Sobre a pequena superfície de um lenço, havia recomposto aquela repartição da qual tinha sido dispensada.

> Quanto mais palavras podemos trazer conosco, mais livres somos. Se nos fecham a boca, busquemos a afirmação através dos gestos, nada menos que objetos. São mais difíceis de interpretar, permanecem acima de suspeitas por um tempo. Assim podem nos ajudar a transformar a humilhação em dignidade, que por um tempo permanece fora de suspeita. [...] Espero poder dizer uma frase a todos aqueles

que tiveram a sua dignidade usurpada nas ditaduras, desde sempre até hoje – e que seja uma frase com a palavra lenço. E que seja a pergunta: VOCÊS TÊM UM LENÇO? (Müller, 2009)

Transportemo-nos para um contexto radicalmente diferente. Também aqui, por meio da narrativa de um simples acontecimento, podemos reunir as emoções despertadas pela relação com um objeto particular e importante.

Encontraram uma velha escrava negra cega na savana e a levaram à Missão. Estava em um estado deplorável. Mas desejava, com todas as suas forças, uma única coisa. O que buscava era um pedaço de tecido branco. A velha insistia, dizendo que o espírito da patroa morta continuava a aparecer para ela em lágrimas, falando-lhe do tecido branco, e que era seu dever procurar por ele, e, assim, tendo entendido que não obteria nada da Missão, a velha roubou escondido um pedaço dele e, escapando a qualquer controle, desapareceu de novo na savana, para não mais sair de lá. (Kingsley apud La Cecla, 1998, p. 39)

A senhora morta evoca a mãe. Há um deslocamento da mãe à patroa. Mais realisticamente ainda, patroa e mãe: duas figuras que se sobrepõem e se integram. Aquele objeto de tecido branco tinha sido interpretado por quem escutava a história como um objeto fetiche; as pessoas da Missão não conseguiam entender o que, de fato, aquela mulher estava pedindo.

Em experiências difíceis como essa, a capacidade protetora dos objetos transicionais assume uma força notável. Eles não têm apenas a função de tornar presente a existência de tal força, mas também, e sobretudo, a de tranquilizar e proteger, numa continuidade bem próxima da figura materna. Em ambos os casos, as duas mulheres conseguiram manter suas mães por perto.

A função transicional não se esgota no uso de um objeto já dado, mas se manifesta também no contato direto com a matéria e na sua manipulação, até a sua criação. Uma mulher de cerca de cinquenta anos, querida em seu trabalho, tem um estilo bastante racionalizante de funcionamento mental. Ela dá a todos os aspectos da sua existência, inclusive os relativos às experiências emotivas, uma explicação racional. Quando a experiência emocional provoca movimentos aparentemente incongruentes ou contraditórios, surge uma "explicação" do que estaria ocorrendo. Por essa razão, a possibilidade de pesquisa e de compreensão das orientações emocionais sofre uma forte limitação. E, em sessão, esforçou-se para desenvolver uma atividade associativa, porque dominava um sistema interpretativo racionalizante.

Durante um longo período marcado por um constante humor depressivo, para defender-se daquela dor persistente, fechou-se em uma espécie de concha, reduzindo muito suas relações com as pessoas. Volta para a casa à noite, depois de um intenso dia de trabalho, e se fecha em um quarto usado como "ateliê". Ali desenvolve uma série de atividades manuais: criações de objetos particulares, desenhos e pinturas, objetos de costura que são, em sua maioria, doados para as pessoas mais próximas. Sábado e domingo são também dedicados a esses trabalhos rigorosamente de tipo manual. Criações ligadas a coisas, a objetos.

Na relação com eles, consegue expressar as fontes internas mais próximas das ordenações emocionais, livres da superposição de tipo racionalizante. O que era difícil atingir em sessão, mediante livre associação, ela realiza no trabalho prático, concreto, com os objetos, e na atividade dedicada à sua manipulação.

O espaço transicional tem as características de um lugar em que se reúnem novas potencialidades, uma zona de fronteira muito próxima daquela definida pelos antropólogos "liminares". Aqui, o psiquismo e a matéria em forma de objeto agem em conjunto, tendo os mesmos direitos de representação. Existem outras situações em que os objetos podem assumir uma verdadeira atividade reparadora do *self*. Problemas psicológicos particularmente dolorosos podem ser depositados e materializados em um objeto que o acolhe. O cuidado com ele se substitui ao cuidado de um *self* precário e ferido, com um benefício inusitado: evita-se um contato direto com a dor mediante uma ação suave e construtiva. Vejamos, um exemplo.

Um homem de cerca de 35 anos tem uma visível paixão por automóveis. Não parece casual o fato de que, justamente no momento em que está atravessando uma série de dificuldades, ele tenha um carro de modestas dimensões. Um carro maior e de mais prestígio imporia uma segurança interior, ou, simplesmente, a vivência de uma maior força interna, que ele não tem no momento. Esse carro, portanto, exprime bem o estado atual do seu mundo interno. Apesar de ele estar sempre lutando com reparos de toda espécie, está de todo modo angustiado porque não consegue descobrir a causa de uma pequena infiltração de água no veículo; sofre por causa dos arranhões na carroceria, por algumas luzes que se acendem no painel e indicam uma avaria. Diz, com convicção: "Um arranhão seria suficiente até para que eu o jogasse fora".

O automóvel é a condensação de suas precariedades narcísicas. Esse objeto, mais do que qualquer outro, presta-se muito bem a aglutinar todo gênero de cuidado e a alimentar uma comunicação simbólica prenhe de significado: existe um motor que pulsa, um quadro elétrico que organiza as suas funções, uma carroceria que o protege do exterior, as luzes que indicam possíveis avarias, um modelo de certo prestígio, uma cor séria ou jovial etc. Não é por acaso que esse tenha sido o objeto escolhido: como em tantas outras histórias masculinas, transpira a predileção pelos objetos mecânicos, e, entre eles, o carro vem em primeiro lugar. O contato com o objeto material, em que são projetadas partes menos evoluídas do *self*, consegue criar uma leveza que o contato direto com o mundo interno, nos seus aspectos mais precários, levaria tempo para ter. Além de expressar um status, uma posição social e econômica, exprime uma mudança crucial de fase, que atesta o ingresso no mundo adulto.

O trabalho empregado na reparação do automóvel, as muitas horas gastas para poli-lo, para garantir seu bom funcionamento, em um clima emotivo mais sereno, não são senão uma restauração do *self*. Vale a pena enfatizar que o contato com partes menos evoluídas do *self*, encontradas no objeto no qual são projetadas, pode ser elaborado com maior facilidade, porque nesta transfiguração perderam os seus aspectos mais ásperos.

Mesmo em situações menos problemáticas, o cuidado com um objeto pode ter ressonâncias significativas no *self*, além de reforçar os arranjos identitários.

O que dizer dos tantos homens que, com meticulosa atenção, reparam e pulem os próprios carros? Existem produtos específicos para cada polimento e lustração: dos solventes para os aros e pneus e da pasta que faz sumir os arranhões na carroceria aos sprays perfumados para o painel. Quando se adquire um carro, pode-se liberar o desejo, personalizando suas características. Não é um simples automóvel; já antes de possuí-lo, é o meu automóvel: os vidros em tons azuis, com a gradação desejada, os aros em liga, o volante esportivo; carros embelezados como pessoas, vestidos com objetos particulares, talvez destoando ou extrapolando os limites em relação à sua forma original. Ao modelar o mundo segundo a própria fantasia e o próprio desejo, realiza-se uma necessidade de intimidade e de posse (Eiguer, 2007).

A intimidade e a posse são condições necessárias para reforçar ainda outra qualidade do objeto: a função de suporte narcisista. Uma bela roupa nos poderia fazer parecer mais belos; a exibição de um objeto caro, mais ricos. Como na história de um homem de pouco mais de trinta, que fez uma carreira muito rápida e lucrativa em uma empresa italiana e cuja expansão da atividade alcançou dimensões europeias. Sempre teve predileção por objetos luxuosos, que lhe dessem uma tonalidade, que tivessem um caráter de merecimento subliminar. Amava os carros esportivos e de prestígio, as lanchas, o vestuário sofisticado, os relógios de luxo.

Há alguns anos, foi premiado por sua empresa devido aos negócios que havia fechado. Poderia satisfazer um desejo que cultivava há tempos: a aquisição de um bote inflável. Naturalmente, um modelo que estivesse nos limites do permitido para ele, talvez um pouco além das suas possibilidades.

Mais tarde, os seus negócios foram crescendo junto com o prêmio, que se tornou muito, muito superior ao anterior. As ambições e os desejos acompanharam o mesmo ritmo, aumentando notavelmente. Não mais o bote inflável, mas uma embarcação com uma cabine, para alto-mar, veloz e prestigiosa. Um saco sem fundo: quanto mais alto o resultado alcançado, ainda mais elevado e exigente o desejo a realizar. Embora a exibição de si mesmo e dos próprios objetos para os outros lhe propiciasse considerável satisfação, era sempre subdimensionada, comparada àquela que seria possível diante da aquisição de um objeto ainda mais fascinante. Ao mesmo tempo, começava a ficar mais satisfeito com os resultados alcançados, independentemente dos benefícios materiais que traziam consigo; sabia que eram fruto do próprio trabalho.

Uma mudança determinou outros efeitos positivos: se, antes, ao manifestar-se o desejo, seguia imediata e compulsivamente no sentido da aquisição do objeto, agora deixa que um espaço de tempo separe os dois momentos. De modo que a ideia inicial da embarcação é sucedida por uma longa pesquisa na internet sobre possíveis lugares onde adquiri-la, sobre suas características e sobre o preço. A pesquisa prévia sobre o objeto tomou tempo, implicando que a compra fosse protelada, aguardando uma reflexão ainda mais ponderada e uma troca de ideias mais harmônica com a mulher, que sempre havia manifestado perplexidade ante sua excessiva propensão às compras.

Na conclusão desse processo, ele disse: "É como se houvesse uma escada de objetos muito importantes e luxuosos, que fizeram sentir-me frágil e não reconhecido; esta é a razão pela qual eu os persegui incessantemente".

Estamos no limite entre a busca de uma identidade pessoal e a aquisição de um *status*. Não apenas nesse caso, ou seja, no reforço de um narcisismo precário, mas sempre. Porque as reverberações de uma dinâmica relativa ao mundo interno não podem prescindir do tanto que brota da relação com o externo. Tudo isso fica particularmente evidente quando assistimos à busca de um *status*, que muito se beneficia da posse e da exibição de objetos específicos, a qual se integra e se confunde com a busca de uma identidade pessoal. O *status* pode ser considerado a face externa de uma imagem interna: a aparência da interioridade.

É assim que os objetos são usados pelos atores sociais para tornar visíveis suas estratégias de prestígio junto com a sua identidade (Bourdieu, 1983). Os indivíduos projetam seus desejos frustrados sobre os objetos: identificando-se com o prestígio que exprimem, sentem-se em parte ressarcidos e obtêm segurança e identidade.

A acumulação de objetos, sua exposição aos visitantes ocasionais, tende a evitar a perda de um *status* alcançado, que é atribuído a um valor identitário definido. *Status* enquanto testemunho de um processo interno e externo, de um percurso social que é também um processo evolutivo interno. (Pavone; Orlando, 1995, p. 51)

A propósito, George Simmel não falou apenas do estilo de vida, o *Lebensstil*, mas, mais precisamente, de *Lebensstilführung*, isto é, da conduta necessária para criar aquele estilo de vida. Os indivíduos devem fazer grandes esforços se querem inventar um estilo de vida que exprima a necessidade de enfatizar a sua individualidade e personalidade e o pertencimento a uma comunidade social.

Até agora, tratamos do aspecto funcional do objeto na estruturação do *self*, e, além disso, também abordamos uma importante propriedade dos objetos como suporte narcísico, e, portanto, com uma função reparadora, bem como em uma relação auxiliar do *self* em estruturas psíquicas marcadas por carências e por sofrimentos específicos.

No conjunto da experiência psicológica, os objetos representam também o ingrediente necessário para uma particular formação do caráter, no sentido de que determinado tipo de caráter dificilmente poderia exprimir-se sem seu auxílio e tal ordenação do caráter constitui a base de uma experiência extraordinária com os objetos. Experiência que, com formas e intensidades diversas, pertence a todos nós, mas que, em alguns indivíduos, assume características decididamente mais amplas. Trata-se da experiência de colecionar. Nas próximas páginas, tentaremos identificar suas características mais significativas.

3. Caráter e pessoa no colecionismo

A raiz de uma relação mais complexa com os objetos está localizada em uma fase do desenvolvimento em que a criança aprende a controlar as próprias funções intestinais. Um momento extremamente importante para o crescimento interior porque, a partir de uma experiência em que o universo está concentrado na capacidade de sobrevivência mediante a apropriação de alimento, chega-se à expressão da própria capacidade em uma experiência incipiente de autonomia: a começar pela de reter e liberar, expressões de uma vontade e consequência de uma decisão.

Caso se instaure um bom equilíbrio entre as duas atividades, fica pressuposto que se estão lançando as bases para uma relação sadia com a realidade e com a posse daquilo que ela coloca à disposição. Se prevalece o impulso de reter, estrutura-se um caráter que é definido como "anal": com uma propensão mais destacada para a possessividade, para a avareza e, de forma sublimada, para o amor às coisas preciosas e, enfim, para o colecionismo.

Portanto, o colecionismo, em muitas ocasiões, foi considerado uma derivação sublimada de um problema evolutivo não resolvido e, portanto, uma regressão à fase anal. Mais recentemente, ele foi incluído entre as formas atuais mais comuns de dependência, aquelas definidas como *addiction*. Creio que incluir o colecionismo entre as várias expressões psicopatológicas seja mesquinho, além de superficial. É verdade que o colecionador muitas vezes se encontra fechado em um universo construído em torno dos objetos amealhados, mas também é verdade que ele, e mais ninguém, acaba por construir uma realidade pessoal difícil na relação com o objeto, mas, além de ser uma forma de compensação que não tem qualquer influência na vida das outras pessoas, em muitos casos apresenta uma importante dose de criatividade. Sim, exatamente esse é o aspecto mais negligenciado do colecionismo, a sua criatividade, criatividade que tem na base, na maior parte dos casos, uma sólida preparação cultural.

Com o colecionismo, estamos diante de uma atividade complexa e contraditória, que pode criar em quem a observa também certa desorientação. É por essa razão que nunca é descrito com tintas neutras, mas sempre com tons fortes e definidos, que suscitam sentimentos contrastantes: passa-se do elogio do colecionismo e da sua vigorosa defesa às críticas mais ásperas. O peculiar e penoso trabalho embutido nessa experiência conduz o observador a fazer julgamentos sempre radicais, seja num sentido, seja noutro.

Na vida do colecionador, representa-se a apoteose da relação com os objetos, nenhuma outra experiência se compara a ela. Instaura-se com o objeto uma relação simbiótica, que parte de uma profunda identificação com ele para chegar à dependência em relação a um objeto único e raro. Parece testemunhar uma existência que se enrosca em outra, em que um possui o outro e também é possuído. Benjamin dizia sobre o colecionador que não são os objetos que vivem nele, mas ele é que vive nos objetos. Como se a pessoa se anulasse e se transportasse para os objetos colecionados.

> O que contêm aqueles *dossiers* não é um mistério [...] o que nos interessa no momento é justamente essa profusão de capas cerradas e etiquetadas, e o procedimento mental que implicam. A própria autora definiu claramente: "Busco possuir e me apropriar da vida e dos acontecimentos dos quais venho a ter conhecimento. Pelo dia afora eu folheio, coleto, coloco em ordem, classifico, filtro e reduzo tudo à forma de muitos álbuns de coleção. Essas coleções se tornam então a minha própria vida ilustrada". (Calvino, 2002, p. 8-9)

A busca obstinada daquilo que falta na coleção implica uma forte tensão emotiva, uma grande concentração ao pesquisar, um sentimento de posse e de privação; ao mesmo tempo, é necessária a presença de aspectos libidinais que se tornam o substrato de uma relação criativa com os objetos colecionados. A particularidade de colecionar está no potencial de fantasias e de criatividade e no prazer que se renova a todo momento (Lappi, 2010).

> Aqui, a filosofia que busquei extrapolar desliza do universal ao particular, antes ao privado, porque aqui se põe em vigoroso movimento a lógica do colecionismo que devolve unidade e sentido de conjunto homogêneo à dispersão das coisas. E dispara o mecanismo da posse (ou, pelo menos, o desejo da posse), sempre latente na relação homem-objeto, relação que, no entanto, não se esgota em si, porque o seu fim é a identificação, o reconhecer-se no objeto. E, ao se alcançar esse fim, a posse evidentemente ajuda, porque permite a observação prolongada, a contemplação, a convivência, a simbiose. (Calvino, 2002, p. 121)

A posse de um objeto evoca novamente experiências arcaicas de nutrição e de presença, mais do que um simples desejo, uma verdadeira necessidade. E a ilusão de uma posse persistente garante a proteção de partes do *self* e da própria integridade.

"O que nos faz correr atrás dos objetos?", pergunta-se Eiguer (2007). A posse remete à identidade. Apropriar-se de um bem ou de um objeto nos dá a sensação de exercitar um poder sobre as coisas, e essas coisas mantêm a marca daquilo que somos. O Eu, segundo Eiguer, é uma instância imperial que aspira a dominar o próprio ambiente material.

> Entra em campo a astúcia da subjetividade: o objeto possuído nunca é uma mediação pobre. É sempre absolutamente singular. Não de fato: a posse do objeto "raro", "único", é o limite extremo e ideal da apropriação; mas, por um lado, a confirmação do caráter único daquele objeto não poderá jamais ser feita em um mundo real e, por outro, a subjetividade pode muito bem dispensar a confirmação. A qualidade específica do objeto, o seu valor de troca, depende da situação cultural e social. A singularidade absoluta, pelo contrário, deriva do fato de ser possuído por mim, o que me permite reconhecer-me nele como ser absolutamente singular. (Baudrillard, 1972, p. 117)

Calvino faz algumas reflexões sobre o colecionador, relatando uma polêmica entre Emilio Cecchi e Mario Praz. Este morava em um apartamento no Palazzo Ricci, na *via* Giulia, em Roma, espaçoso, mas também muito escuro. Para não quebrar a disposição de sua casa-museu, dormia em uma cama de armar, em um ambiente secundário. Almoçava em uma mesa colocada diante de uma das poucas janelas livres da casa, no fundo do corredor. Cecchi criticava sua mobília: "Coisas cuja posse não dá nenhum orgulho, ajuda à devoção e nada mais, mas a devoção" – e esse ponto ele reafirmaria – "deve ser toda espiritual, desinteressada, não contaminada pelo *cru amor da posse*" (Calvino, 2002, p. 119).

Calvino cita então partes da conferência de um poeta indiano, Rabindranath Tagore, em que este último aponta entre

> os deploráveis vícios ocidentais, *the foolish pride in furniture*, a vanglória dos possuidores de móveis bonitos. Parece mesmo absurdo que alguém deva ter orgulho de uma graciosa mesinha ou de uma cadeira de estilo, ou de um par de candelabros: de que serve mobiliar uma *house beautiful*, quando o espírito, como dizem os filósofos e poetas, pode vagar soberano até mesmo entre pobres paredes? – Cita então a resposta de Praz – "Mas imediatamente me vem uma dúvida. Porque tal é a natureza dessas caras coisas terrenas entre as quais vivemos que uma não pode mais ser negada sem que se negue junto todas as outras. Que eu coloque a alma em uma mesinha ou em uma cadeira que me salta aos olhos é pecado um pouco mais grave do que colocá-la em uma paisagem...". E, no entanto, a contemplação das paisagens naturais passa a ser o que há de mais espiritual: por que não então a contemplação dos móveis, que "obedecem a uma lei de economia que é a mesma da paisagem?". (Calvino, 2002, p. 120)

Observar, contemplar, tocar, juntar, pesquisar, como todos os atos que servem de prelúdio ao colecionar, se resumem na posse dos objetos, deixando dentro deles a própria alma. É meu, diz a criança, pegando o brinquedo de quem está próximo. Um ato libidinoso e de proteção.

Assim como nos contou De Clérambault a respeito de sua paciente: o contato com a seda ativava nela um prazer inusitado, mas era necessário possuí-la depois de tê-la roubado, subtraí-la de quem a possuía, sem ser vista. O prazer sexual e o prazer proporcionado pela posse se confundem e se misturam em uma única experiência libidinal.

Tomamos conhecimento do fato de que ela roubava por uma espécie de impulso devido a uma tentação forte demais, a seda a fascinava em especial [...]. A ideia da masturbação lhe tinha ocorrido, garantia, espontaneamente. Um dia, encontrando-se sozinha no próprio quarto, tinha experimentado uma inesperada sensação por causa da fricção fortuita de uma cadeira contra os próprios genitais. [...]

"Mas o maior prazer se manifesta principalmente quando roubei. Roubar a seda é delicioso; comprá-la não me daria o mesmo prazer. [...] Se me presenteiam com um corte de seda quando estou prestes a roubar um, isso não me dá prazer, antes me impede de senti-lo". (De Clérambault, 1994, p. 25, 44-5)

Nessa história estão concentrados todos os ingredientes de uma singular relação com o objeto: antes de tudo, a consciência profunda, o êxtase por ele e o prazer de tomar posse dele, a realização do contato, o despertar de uma sensualidade tão grande a ponto de ser inevitavelmente impelida a usá-lo. Tudo isso cria uma dimensão muito intensa do prazer.

Krafft-Ebing (1964) noticia uma experiência análoga, em que emerge uma intensa satisfação libidinal originada da experiência de roubar: do ponto de vista do prazer, o ato de pegar supera qualquer outro possível contato com o objeto, lembra muito a masturbação, talvez combine verdadeiramente com ela, na solidão e no distanciamento dos olhares alheios. De certa forma, essas experiências singulares, ocorridas em um mundo hoje desaparecido, lembram a atual síndrome de compra compulsiva, em que a excitação maior é dada pela posse do objeto, pelo próprio ato de pegá-lo e de se apropriar dele. A libido fica atrelada a ele no momento em que é capturado, depois pode até se dissolver para dedicar-se à busca de outro.

Os objetos e a vida

> Possuindo os objetos, eles nos possuem, nos superam. Talvez possam ter uma dimensão sobrenatural: nós lhes atribuímos um valor mágico. O fetiche, enquanto objeto venerado pelo paciente fetichista, não é obrigatoriamente um objeto sobrenatural; a sua "magia" reside em disparar uma excitação particularmente voluptuosa. O objeto mágico e o objeto fetiche têm em comum o fato de que a sua companhia é indispensável para o sujeito. (Eiguer, 2007, p. 62)

Essa interpretação considera o uso fetichista do objeto como ligado a uma regressão e a uma fixação na fase em que se estabelecem as características essenciais do pegar e do soltar, do reter e, portanto, em essência, da posse. Searles (2004), com uma interpretação que se afasta dessa última, ressaltando, contudo, épocas precoces da estruturação da relação com os objetos, sustenta que o fetichismo não depende apenas de fatores de transferência sexual, mas também de uma identificação residual inconsciente com o mundo não humano. Esse sintoma pode indicar uma separação incompleta de uma modalidade relacional muito arcaica que busca uma disposição obsessiva na relação com a realidade. Algumas pessoas perdem uma quantidade de tempo fora do comum para dispor em uma ordem peremptória os "objetos não humanos" ao seu redor. A energia empregada para endireitar os móveis, controlar os bicos do gás e as portas, ocupar-se com roupas, livros, papéis e tudo mais os desvia da criação de relações com os outros seres humanos.

Os *Wunderkammer** foram os precursores do colecionismo nos séculos XVI e XVII. Nas grandes mansões nobres, um quarto era usado para reunir e conservar objetos raros e surpreendentes. Tratava-se ainda de um colecionismo incipiente e particular, voltado apenas para aqueles objetos capazes de despertar maravilha; mas desse modo foram constituídas as bases para a invenção do museu, que, em uma época relativamente recente, institucionalizou o valor dos objetos em coleções.

---

* Gabinetes de curiosidades. (N. T.)

Na vida interior

De modo privado, pessoal, Pamuk (2009) reuniu no seu *Masumiyet Müzesi* [*O museu da inocência**] uma infinidade de objetos pertencentes à amada Füsun (protagonista do romance, ao lado de Kemal), desaparecida em um acidente de carro, e muitos outros objetos intimamente ligados à relação com ela.

Em busca das melhores inspirações para construir o seu museu, visitou centenas deles em todo o mundo, ou melhor, como ele mesmo escreveu, *vivenciou* todos aqueles museus, porque não são feitos para serem visitados, mas para serem vividos. As coleções neles reunidas constituem a essência daqueles lugares, a sua alma: sem uma verdadeira coleção, não se pode falar de um verdadeiro museu, mas simplesmente de uma exposição, o que é bem diferente. A sua disposição de reunir os objetos o levou a passar alguns anos em estreito contato com Halit, o Maníaco, o mais famoso colecionador de postais de Istambul.

À figura do colecionador, que lhe é tão cara, dedica algumas páginas do seu livro. Distingue dois tipos: os orgulhosos e os tímidos. Os primeiros têm em mente a ideia de museu, de local capaz de acolher, catalogar, guardar qualquer variedade daquele mesmo objeto. Os tímidos, percebendo um substancial desinteresse nas comparações entre as suas coleções, envergonham-se, deixam-nas escondidas, procuram dissimular a fraqueza da qual brota o ato de colecionar. Porque é a reação a uma dor, a resposta a uma preocupação, a busca de um contato que, segundo Pamuk, anima a atividade do colecionador. Em qualquer coleção, encontramos uma atenta exposição de fragmentos biográficos. Frequentemente é possível reconstruir os caminhos que levaram à aquisição de tantos objetos específicos, o seu trânsito por diversos lugares. A pluralidade e a originalidade de temas nos abrem mundos desconhecidos, povoados por homens e mulheres ocupados com impensáveis fragmentos de vida material. Podemos considerar o colecionador equivalente ao herdeiro que, no momento em que toma posse dos objetos, aterrissa no passado, defendendo-se das interferências do presente para renovar o velho mundo (Arendt, 1993).

---

* São Paulo: Companhia das Letras, 2011. (N. E.)

Os objetos e a vida

No presente, busca-se ritualizar aquilo que foi no passado; a inteireza que caracterizava a coleção é restabelecida agora. Na base disso, existe uma tensão totalmente particular voltada à reunificação dos objetos, para que se integrem novamente na sua unidade perdida, em duas modalidades diferentes entre si. A mais comum está voltada à recuperação de tais objetos, originalmente parte de uma série, para integrá-los em um artefato unitário. Outra modalidade tende à recomposição de uma coleção pessoal: o núcleo se desloca da unidade unificadora dos objetos à pessoa que havia colocado certa quantidade deles lado a lado. Neste último caso, os objetos não são necessariamente homogêneos.

Libero lembra exatamente a disposição dos quadros, dos tapetes, dos móveis, dos objetos menores na casa dos avós. "Este quadro ficava no ateliê, depois o levaram para o escritório. Aquele móvel estava na sala de jantar, em frente à porta da cozinha." Ele seria capaz de fazer a mesma descrição para cada objeto ali. A nova colocação, por causa da sua distribuição em várias casas, parece transitória, quase imprópria, enquanto o lugar ocupado por um tempo é o verdadeiro. Parece que o desejo que subjaz a um passado irrecuperável é o de poder recompor a situação dos lugares em uma época para garantir uma integridade redescoberta. O desmembramento de uma coleção pessoal retira o sentido dos objetos, órfãos daqueles outros objetos que se encontravam próximos, na disposição original.

> Em uma exposição de coleções estranhas que aconteceu recentemente em Paris – coleções de sininhos de vacas, de jogos de bingo, de tampas de garrafas, de apitos de terracota, de passagens de trem, de piões, de embalagens de rolos de papel higiênico, de distintivos colaboracionistas da ocupação, de rãs embalsamadas –, a vitrine da coleção de areia era a menos chamativa, mas também a mais misteriosa, aquela que parecia ter mais coisas a dizer, ainda que através do opaco silêncio aprisionado no vidro dos frascos. [...]
>
> Assim, como qualquer coleção, essa também é um diário: diário de viagens, claro, mas também diário de sentimentos, de estados de espírito, de humores; mesmo que não possamos ter certeza de que

Na vida interior

> realmente haja uma correspondência entre a fria areia cor de terra de Leningrado ou a finíssima areia cor de areia de Copacabana, e os sentimentos que elas evocam ao vê-las aqui, engarrafadas e etiquetadas. Ou talvez somente diário daquela obscura ansiedade que tanto leva a fazer uma coleção quanto a ter um diário, isto é, a necessidade de transformar o escoamento da própria existência em uma série de objetos resgatados da dispersão ou em uma série de linhas escritas, cristalizadas fora do fluxo contínuo dos pensamentos. [...] Seus próprios dias, minuto a minuto, pensamento por pensamento, reduzidos à coleção: a vida triturada em polvilho de grãos: a areia, ainda. (Calvino, 2002, p. 5-9)

O desligamento dos objetos que se ama e a separação da vida correm paralelamente. Por esse motivo, é necessário um cuidado atento e meticuloso no que diz respeito às criaturas colecionadas. A relação privilegiada com elas é expressão de intensa afetividade, de sensibilidade em relação à linguagem e à história de cada objeto ou fragmento reencontrado.

> Logo depois das primeiras visitas ao museu em companhia de Julia, David havia iniciado a sua coleção: fragmentos de louça, um despertador com o mostrador quebrado, os fios enrolados de um velho rádio, uma moldura. Os restos destruídos e enferrujados que encontrava nas crateras das bombas onde não lhe era permitido ir brincar. Levava-os para casa e raspava o barro seco com uma escova de dentes velha, em busca de marcas de fábrica ou de outras inscrições, em busca de qualquer coisa que pudesse restituir uma história àqueles objetos, e, por fim, colava uma etiqueta com a data e o lugar do achado, depositando-os sobre a escrivaninha e sobre a prateleira da janela. (McGregor, 2006, p. 43)

Alguns aspectos do colecionismo lembram a atividade do arqueólogo, também ele em busca de mundos fragmentados e procurando conseguir o que ainda poderia estar faltando. O arqueólogo também se ocupa das coisas, da sua classificação e da indispensável coleta em forma de coleção. Ele dialoga com os objetos, transporta-os a uma nova vida ao tê-los entre as mãos.

Os objetos e a vida

O arqueólogo e o colecionador conseguem fazer os objetos falarem de sua história, das adversidades vividas, das tantas mudanças de mão. Ambas são alimentadas pelo espírito da "completude", da posse da totalidade e de uma presumida integridade. Profunda é a sua sensibilidade nas relações com os objetos que falam da própria vida, que compõem quadros biográficos vivos e plenos de significado.

A coleção se parece com um corpo que reclama a sua integridade e a exige de quem começou a cuidar dela. Desperta na pessoa uma particular sensibilidade e uma atenção que vai além do objeto colecionado. Os objetos em si, seu valor, podem ser completamente marginais e sem influência para tornar viva e dinâmica tal disposição.

O objeto colecionado ou exumado em uma escavação apresenta um traço mítico ao falar de si. "Existe no presente, quando já existiu, e, por isso, está embasado em si mesmo, 'autêntico'" (Baudrillard, 1972, p. 98).

A coleta frenética de objetos pode ter fortes colorações obsessivas, e é assim que uma devoção excessivamente áspera e sem trégua ao ato de colecionar desloca toda a energia sobre a atividade da acumulação, transferindo para os objetos uma vitalidade perdida, correndo o risco de subtraí-la à própria vida. Os detratores do colecionismo fazem referência a esses aspectos, colocando em evidência uma simples exigência de posse e de controle e uma projeção narcisista sobre os objetos, que, na sua necessária e espantosa abundância, procuram preencher um vazio, deixando entrever também alguma coisa de morto.

É razoável pensar que, nesses casos, não seja a nostalgia do objeto ou a dificuldade de se separar de uma presença o que constitui a base de tal atividade, mas somente a repetição de uma experiência de falta, de ausência: está-se em uma penosa busca por aquilo que falta, pelo vazio deixado por um objeto ainda não adquirido, por uma mãe ausente, e é por esse motivo que é tão impossível libertar-se da busca por um objeto.

A coleção representa um estímulo cheio de angústia, não elaborável, testemunho de uma dolorosa zona de inibição do pensamento.

Na vida interior

Tudo isso leva a um fazer coativo que corre o risco de esvaziar a existência, um agir excitado em que nada acontece (Concato, 1998). A esse respeito, é exemplar a história de Homer e Langley (Doctorow, 2010), dois irmãos, herdeiros de uma abastada família nova-iorquina que transformaram o seu palácio em um receptáculo de objetos, os mais variados e incômodos, como, por exemplo, um automóvel. Ficaram reclusos nesse mundo para serem soterrados por toneladas de objetos que eles mesmos acumularam.

As histórias das coleções têm um fim variado: em muitos casos, são passadas adiante e, por seu valor ou pelas circunstâncias favoráveis, tornam-se um museu ou um lugar de visita. Inversamente, em outros casos, a coleção não consegue sobreviver a seu colecionador e morre com ele. Porque, entre objeto e pessoa, instaurou-se uma ligação tão estreita que não permite à coleção viver mais do que aquele que a criou: a sua alma se vai junto com ele, perde a vida juntamente com aquele que lhe deu vida. Isso também é compreensível, porque uma coisa é entregar aos outros uma série de objetos, outra é transmitir uma relação libidinal com eles. Chatwin sentiu-se atraído pela complexidade da ordenação interna do colecionador, tanto quanto pelos aspectos psicológicos próprios do colecionismo forçado. Pôs o seu personagem em movimento à procura de Utz, que passava horas inteiras nos museus de Dresden a examinar as coleções de porcelana da casa real. Trancafiadas atrás de vidros, pareciam querer convidá-lo para o seu mundo secreto e também implorar-lhe para que as libertasse.

Utz acredita que um objeto fechado no relicário de um museu deve partilhar da inatural existência de um animal em um zoológico. Em qualquer museu, o objeto morre por sufocamento, tanto quanto pelos olhares do público, enquanto a posse privada dá ao proprietário o direito de poder tocá-lo, acariciá-lo. Como uma criança estica a mão para agarrar aquilo de que pronuncia o nome, também o colecionador apaixonado restitui ao objeto o toque vivificante do seu criador. O inimigo do colecionador é o curador do museu. Em tese, os museus deveriam ser saqueados a cada cinquenta anos, e as respectivas coleções deveriam voltar a circular...

Os objetos e a vida

– O que é essa mania de Kaspar pela porcelana? – perguntou a mãe de Utz ao médico de família.

– Uma perversão como outra qualquer – respondeu ele.

A vida sexual de Augusto, o Forte, como é contada por Von Pöllnitz, em La Saxe galante, foi para Utz um modelo ao qual se adaptar. Mas quando, em uma "casa" vienense, achou-se a imitar as conquistas daquele grandioso e insaciável monarca – esperando descobrir em Mitzi, Suzi e Liesl as graças de uma Aurora, condessa de Königsmarck, de uma Mademoiselle Kessel ou de qualquer outra deusa da corte de Dresden –, as moças, perplexas pela seriedade científica das suas abordagens, foram tomadas por um riso irrefreável diante das minúsculas dimensões de seu equipamento. (Chatwin, 1989, p. 20-1)

O colecionismo é interpretado aqui como um desvio, uma perversão, expressão de impotência sexual.

Quando o seu amigo Orlik (por sua vez, colecionador de uma espécie particular de moscas) lhe propôs fugirem juntos para o Ocidente, Utz lhe mostrou a multidão de estatuetas de Meissen, enfileiradas em grupos de seis sobre as caixas, e disse: "Não posso deixá-las".

Cada um dos objetos escolhidos por Utz deveria refletir os humores e as facetas do "século da porcelana": a argúcia, o fascínio, a galanteria, o amor pelo exótico, a cínica indiferença e a despreocupada alegria – antes que tudo fosse varrido pela revolução e pelo tropel dos exércitos.

Sobre as prateleiras mais compridas estavam organizados pratos, vasos, jarros e vasilhas. Havia caixas de chá em cerâmica vermelha polida de Johann Böttger, o "inventor" da porcelana com aro em prata dourada; bules com cenas à Watteau; bules com bico em forma de cabeça de águia e bules pintados com peixes-dourados, imitando os modelos chineses e japoneses.

Utz se aproximou, respirando ofegante atrás de mim.

– Belos, não?

— Belos — repeti.

Mostrou-me um esplêndido exemplo de indianische Blumen e uma tigela turquesa pintada por Höroldt, com painel representando Augusto sendo entronado imperador da China. [...]

Todavia, a uma vasilha do Schwanenservice havia sido reservado um lugar de honra: uma fantasia rococó sobre pés em formato de peixes entrelaçados, as asas em forma de Nereidas, na tampa um alto emaranhado de flores, conchas, cisnes e um golfinho de olhos salientes — uma verdadeira monstruosidade, não fosse o virtuosismo da obra.

Soltei uma exclamação sufocada, sabendo que a melhor maneira de cair nas graças de um colecionador é mostrar-se um admirador dos seus objetos.

— Venha — chamou-me Utz do outro lado do quarto.

Rodeei cuidadosamente o pelicano e o rinoceronte e alcancei a segunda série de prateleiras, sobre as quais estavam alinhadas, em fileiras de cinco e de seis, uma multidão de estatuetas do século XVIII, todas pintadas e paramentadas com cores berrantes. [...]

Utz voltou ao seu mundo de pequenas figuras. Seu rosto se iluminou. Abriu um largo sorriso, deixando à mostra as gengivas em chamas, e me fez ver os seus macacos musicistas.

— Encantadores, não é verdade?

— Absolutamente — concordei.

Os macacos vestiam um colarinho plissado aristocrático e perucas empoadas; guiados pela varinha de um tirânico maestro num fraque azul, dedilhavam o violino e o violão, tocavam o trompete e cantavam, macaqueando a orquestra particular do conde Brühl.

— Eu — jactou-se Utz — sou o único colecionador particular a possuir a série completa.

— Que beleza! — bajulei. (Chatwin, 1989, p. 46-50)

Os objetos e a vida

O curador do museu de Praga (estamos no regime comunista) considerava inadmissível que Utz possuísse em segredo aqueles tesouros que, por direito, pertenciam ao povo tchecoslovaco. Ao pedido de Utz de viajar ao exterior, respondeu ditando algumas condições: antes de tudo, não fazer propaganda negativa da República Socialista, retornar na data marcada e colocar a sua coleção à disposição das autoridades. Com um sorriso irônico, ele admitiu que o seu grave caso de Porzellankrankheit (doença da porcelana) o impedia de ir. A coleção o aprisionava. "E, naturalmente, arruinou-me a vida!", disse.

Fim da história. O autor voltou a Praga depois de alguns anos, e Utz estava morto. Indagou a uma pessoa que o conhecia qual tinha sido o destino de suas porcelanas. Fechou os olhos e inclinou a cabeça, primeiro para um lado, depois para o outro.

Ele a jogou fora.

– Jogou fora?

– Quebrou e jogou fora.

– Ele a quebrou? – disse num gemido.

– Ele quebrava, e ela quebrava. Algumas vezes, ele quebrava, e ela jogava fora. (Chatwin, 1989, p. 110-1)

Aquelas criaturas não poderiam sobreviver aos objetos.

Utz não pôde suportar que as suas porcelanas vivessem sem ele; elas, com um rumor ensurdecedor, perderam a vida. Não conseguiu criar dentro de si a ilusão de que a sua vida continuaria nos seus objetos. Coisa que, inversamente, acompanhou a manifestação de vontade de tantas pessoas nos cuidados dos seus objetos. Praz, em seu testamento, exigiu o posicionamento originário dos objetos, como se tivessem sentido e significado somente se mantivessem a ordem que ele havia dado originalmente.

A ilusão é filha da esperança, e a esperança é um atributo sempre próximo da vida.

III. CONTINUIDADE E DESCONTINUIDADE

1. Os objetos no curso da vida

A estruturação das ordenações internas acontece aos saltos, com rompantes evolutivos e bruscas interrupções. Em certos períodos, logo após eventos particulares, o *self* pode ser exposto a momentos de crise capazes de colocar em jogo também a sua integridade. É surpreendente que sejam justamente os objetos que, de diversas formas, garantem uma continuidade temporal no interior dos inumeráveis acontecimentos e experiências de vida. Características dos objetos, bem expressas no trecho seguinte.

> Muita coisa havia mudado desde a última vez em que tinha visto aquele bastão. Havia terminado a escola, havia feito o serviço militar, havia conhecido mulheres, sua mãe havia morrido. Havia se tornado adulto, e sua mãe havia dado início a uma vida autônoma. O Jonas que, na última vez, havia tocado aquele bastão era uma criança. Uma pessoa completamente diferente. Antes, não. Porque, se escutasse seu interior, o Eu que encontraria não seria outro senão aquele do qual se recordava. Quando, vinte anos antes, com aquele bastão na mão, ele havia dito "eu", tinha entendido a mesma coisa que hoje. Ele era aquele. Jonas. (Glavinic, 2007, p. 244)

Frequentemente, os objetos têm a função de dar uma continuidade à vida humana; apesar das mudanças, permitem recuperar a estabilidade do self no tempo, constituem verdadeiros núcleos identitários.

Segundo Hannah Arendt, essa função específica é ainda mais radical.

> As coisas do mundo têm a função de estabilizar a vida humana, e a sua objetividade está no fato – em contraste com a afirmação heraclitiana de que o mesmo homem nunca pode banhar-se duas vezes no

> mesmo rio – de que os homens, a despeito de sua natureza sempre mutável, podem reencontrar a sua mesmidade, isto é, a sua identidade, referindo-se à mesma cadeira e à mesma mesa. (Arendt, 2008, p. 98)

Uma estabilização profunda e radical da vida humana devido àquela infinita gama de objetos que o próprio homem fabricou. Esses objetos, originando-se no mundo natural, mas abstraindo-se dele, têm uma função de mediação entre o homem e a natureza. Nosso ambiente natural foi construído através dos objetos, uma objetividade humanizada que se diferencia de uma indiferente à natureza. "Sem um mundo interposto entre os homens e a natureza, existiria um eterno movimento, mas não objetividade. (Arendt, 2008)

Os objetos entoam um tempo por si mesmo contínuo, criam as fissuras que têm início no momento em que são construídos, passando pelo uso e pela deterioração a que estão sujeitos, até a sua total consumação e morte. Um tempo no tempo, um tempo fechado e limitado em um fluir ininterrupto. Um precioso sinal de reconhecimento de alguma coisa de próprio, de próximo, de afim. Uma concretude com que se identificar para não ser esmagado pela angústia em um universo sem referências. Como acontece naqueles momentos especiais da vida em que nos encontramos na obrigação de nos "realdear"* no mundo, na tentativa de reencontrar os limites da própria existência: de manhã, ao abrirmos os olhos, olhamos ao redor para nos reposicionarmos em nosso mundo.

> Cada um de nós, ao despertar, diz: "Aqui está novamente o mesmo e velho eu". Do mesmo jeito como diz: "Aqui está a mesma velha cama de sempre, o quarto de sempre, o mundo de sempre". (James, 1999, p. 121)

---

* No original, "riappaesare", que significa algo como "reencontrar ou revisitar as raízes culturais de sua aldeia". (N. T.)

Continuidade e descontinuidade

Renova-se a necessidade de reencontrar, concretamente, o que foi "habitual" para nós, as partes de nossa pessoa materializadas nos objetos com os quais estamos em contato todos os dias. Objetos que não demandam a nossa *atenção*, como aqueles que se autopromovem como coisas especiais, inesperadas; não, aqueles objetos revelam por nós toda a sua *familiaridade* (Rigotti, 2007).

> Jonas foi para frente e para trás. Apoiou-se nos batentes das portas, ficou em certas posições para lembrar melhor. De olhos fechados, apalpou as maçanetas das portas, que logo lhe restituíram a sensação de então.
>
> Esticou-se naquela cama alheia. Quando olhou para o teto, vieram-lhe vertigens. Tantas vezes tinha dado uma esticada naquele ponto, olhando para cima, e agora, depois de tantos anos, voltava a fazê-lo. Ele tinha ido embora. O teto, permanecido. Ele não tinha nenhuma importância para o teto, que tinha esperado. Tinha observado outras pessoas ocupadas com seus afazeres. Agora, Jonas havia voltado. Olhava o teto. Como outrora. Os mesmos olhos observavam o mesmo ponto no teto. O tempo passara. O tempo se havia partido. (Glavinic, 2007, p. 61)

É próprio do percurso autobiográfico ser sucedido por um tempo que, de quando em quando, se rompe. Continuidade e descontinuidade esboçam toda a jornada da vida segundo as modalidades pelas quais, na vida cotidiana, por meio dos hábitos, sedimentam-se os traços típicos da personalidade.

Os momentos de descontinuidade vão descongelar, desmascarar o que foi lentamente construído. Experiências muito parecidas com verdadeiras crises evolutivas que atestam os processos amadurecidos até então. Chega-se aos momentos-chave, nos quais aquilo que se realizou, aquilo de que muitas vezes não se está totalmente consciente e que é fruto de uma atividade incessante e, principalmente, aquilo que tem feitio do *fazer*, desvelando-se, torna-se um patrimônio da própria pessoa e se transforma em ser: eu sou aquele que fez o que vem à luz a partir da experiência da minha vida.

Os objetos e a vida

Os objetos têm uma função muito importante nesse processo. Poderíamos dizer que detêm quase uma primazia nesses breves, mas importantes momentos: devolvem uma imagem, abrem a possibilidade de uma nova experiência, são indispensáveis até que uma ritualidade possa se expressar, legitimam a identidade alcançada.

Quando cheguei a Urbino, na primeira casa que aluguei só para mim, não possuía tantas coisas. Não tinha, por exemplo, secador de cabelo. Fazia frio e eu me locomovia com um scooter. Ficava incomodado quando precisava sair de cabelos molhados, com temperaturas que poderiam estar bem baixas. Assim, um dia, decidi comprar um secador; apesar da acanhada aquisição, a decisão me tomou um pouco de tempo. Mas acabei decidindo e, mesmo sendo de boa marca, não foi um grande gasto. Esperava que custasse mais. Essa indecisão toda provavelmente nasceu do fato de que se tratava de um objeto que seria inteiramente meu; nunca tinha usado o secador que se encontrava no armário do banheiro na casa da minha família. Pensava que a aquisição de um pedaço de autonomia devesse custar muito mais. Assim, voltei para casa com um secador todo meu; eu tomava cuidado com ele, seguindo atentamente as instruções dadas: "Antes de desligá-lo, deixe-o funcionando somente com ar frio, é importante esfriar a resistência". Foi a recomendação do vendedor, e assim o fazia. Aquele objeto ainda está comigo, guardado em lugar protegido, e me faz lembrar daquele momento solene, marco de uma passagem.

Os processos evolutivos quase nunca são lineares e, ao contrário do que se pensa, continuam por toda a vida. Claro, as fases da infância e da adolescência avançam com mudanças mais bruscas e evidentes, mas a idade adulta apresenta outras tantas mudanças significativas.

São os objetos, enquanto signos, que melhor evidenciam as várias mudanças de idade. Diria que cada passagem quase sempre precisa do auxílio de um objeto para adquirir uma riqueza de significado. Existem algumas mais difundidas e reconhecidas socialmente, outras mais privadas e ligadas a uma experiência individual específica. Em um hipotético "museu da vida", encontraremos, enfileirados e catalogados: a chupeta, o carrinho do bebê, o bichinho de pelúcia, os carrinhos, as bonecas, o triciclo, a bicicleta, as rodinhas, o celular, o cigarro, as chaves de casa, o ciclomotor, os óculos de sol, o automóvel e muitos outros.

Os objetos próprios de uma idade sofrem uma contínua metamorfose, juntamente com os "objetos espaço" da vida cotidiana. Vimos de perto as mudanças no quarto de Martina. Em cada história, da infância à idade adulta, existe uma cuidadosa construção dos espaços, que ganham novas feições, dependendo dos objetos que os habitam. Em cada fase, é desenhada uma dimensão mais de acordo com a vida naquele momento, mais aderente aos arranjos emocionais e existenciais que se está vivendo. Tais espaços, com a organização que adquiriram e com os objetos que os caracterizam, funcionarão como um espelhamento, como uma reverberação da própria identidade. Serão os testemunhos cotidianos da continuidade e das mudanças e permitirão a qualquer um dizer a si mesmo: este agora sou eu. Contam também muito das relações de quem ocupa aqueles espaços e de quem possui aqueles objetos.

Muitas vezes, entre os membros de uma família, assiste-se a uma espécie de guerra de posição, travada pela aquisição de um território ou pelo uso particular de um objeto. Seguimos as transformações do quarto de uma jovem mulher e as mudanças na disposição dos móveis. Cada passo foi marcado por descolamentos físicos, concretos, um progressivo espelhamento da sua história e das suas relações familiares.

Trata-se de uma jovem psicóloga que há pouco começou sua vida profissional no campo privado. Ao ser solicitada como psicoterapeuta pela primeira vez, e não podendo buscar naquele momento um consultório fora de casa, transformou rapidamente o seu quarto, dando-lhe um aspecto de consultório. Havia tirado proveito do fato de que esse quarto tinha uma entrada distante dos outros ambientes da casa. Na verdade, alguns meses antes já havia começado a fazer as primeiras mudanças, porém lentamente, sem muita convicção.

Mas vamos dar um passo atrás por um momento e voltarmos ao passado. Ela havia dividido o quarto de dormir com o irmão até ingressar na universidade, quando foi estudar fora. Os pais reorganizaram aquele quarto, deixando-o para o filho que tinha ficado com eles, enquanto, para ela, haviam adotado uma solução temporária, dando um novo arranjo ao escritório da casa. Os móveis do escritório foram retirados e, no lugar deles, entraram um sofá-cama, do qual tiraram o espaldar até que se transformasse numa verdadeira cama, uma mesa com um tampo de vidro que antes se encontrava na sala de estar, uma estante de livros menor do que aquela que havia antes e que também ficava na sala de estar, um armário grande que, por sua vez, estava no quarto dos pais, rejeitado pela mãe. Tudo isso também se deve ao fato de que, nesse ínterim, os pais haviam se separado, e a mãe, que permaneceu na casa, tinha a intenção de lhe dar uma configuração diferente. Durante todos os anos de faculdade, ela ficou numa situação provisória, que se prolongou também depois de ter voltado definitivamente para casa.

Estamos no outono passado, poucos anos depois de ter terminado a faculdade. Sem convicção e com muitas resistências, com muita dificuldade começou a reorganizar o quarto com vistas à sua futura atividade. Era difícil manter a dupla destinação do cômodo como quarto de dormir e consultório particular, até porque a organização que tinha em mente entrava em conflito com as ideias da mãe.

Escolheu então um sofá-cama que não transparecesse, de modo algum, ser uma cama, os pequenos armários em estilo étnico que caíam bem em um consultório. A estante de livros e a mesa também eram novas.

Então o ambiente estava completo; começou a trabalhar e arranjou mais de um paciente. Outro problema apareceu: o uso indiscriminado do ambiente. Aflita, quando está se aproximando a hora da sessão, ela tem de retirar todos os objetos pessoais. Às vezes sonha que, na chegada dos pacientes, o consultório está todo abarrotado de roupas e peças íntimas.

A história tem uma evolução previsível: à medida que sua identidade profissional se consolida, amadurece a decisão de levar o consultório para fora de casa. Agora, serão dois os espaços inteiramente seus: o externo, do consultório, e o seu quarto, finalmente inteiramente personalizado. Aqui se vê bem quanto o processo de individuação caminha ao lado da separação dos objetos primários.

Continuidade e descontinuidade

A caracterização dos seus lugares, efeito e origem de uma individuação, não pode ter lugar sem uma separação do mundo parental, frequentemente em conflito com ele. E os passos lentamente dados deixam vislumbrar todo o trabalho necessário a esse processo.

Recordo o período de crise que atravessei nos meses seguintes à formatura do ensino médio e no início dos estudos universitários. Ocorria-me muitas vezes olhar o meu quarto e experimentar uma sensação incômoda. Queria mudar algo, sem saber bem o quê. Pedi a Bernardino, um companheiro de classe que havia começado a estudar arquitetura, que me desse alguns conselhos. Ele veio me encontrar, mas não me lembro de grandes sugestões que ele tenha dado. Na verdade, eu estava lhe perguntando o que fazer da minha vida. Uma resposta que dificilmente ele poderia dar.

Algumas passagens cruciais da vida têm necessidade de ser acompanhadas por uma nova arrumação dos lugares em que se vive. Parece difícil poder alcançar uma mudança sem ter criado, concomitantemente, um *habitat* que reflita o estado emocional do momento, os sentimentos predominantes daquela fase de vida. Temos mais uma confirmação disso a partir da história de uma mulher de cerca de cinquenta anos. Desde a juventude, ela havia tido uma série de relações amorosas, mas nenhuma delas tinha sobrevivido por muito tempo. Em contrapartida, a sua vida profissional havia sido cheia de acontecimentos significativos que lhe permitiram construir uma carreira acadêmica e científica de notável interesse.

Enquanto viveu na Itália, morou na casa dos pais; agora, depois de muitos anos, vive com a mãe e com uma velha governanta. Nos longos períodos passados no exterior, em diversas partes do mundo, sempre teve uma casa própria, que mobiliava com prazer e com facilidade, mas com a mesma facilidade ela a desmontava para mudar de cidade ou para voltar para a casa dos seus pais. Nesses deslocamentos entre uma casa e outra e entre um país e outro, jamais guardou um objeto que pertencesse àquele lugar e àquela experiência. Deixava tudo lá, vendia ou dava tudo de presente.

A certa altura da vida, conheceu um homem e se casou com ele. Decidiram não montar uma casa juntos, mas morar com a mãe.

Os objetos e a vida

Os presentes de casamento, contudo, não tinham lugar naquela casa já completamente mobiliada; por isso, acabaram no depósito de um banco, e ali ficaram por cerca de vinte anos. O valor total da custódia foi impressionante.

O casamento acabou pouco tempo depois, e ela continuou morando alguns períodos na casa da família e outros em lugares diversos. Nunca mais teve uma casa em sua cidade, onde, finalmente, há poucos anos, vive, e onde imagina que continuará a viver enquanto não encerrar a sua vida profissional.

Aqueles objetos que guardavam uma estreita relação com o seu casamento ficaram trancados e esquecidos, tanto que só vagamente se lembrava do que havia lá. A certa altura, decidiu desenterrá-los, permitindo-se apropriar-se deles e usá-los. Transformou, então, parte da casa de acordo com suas necessidades, integrando aqueles objetos a seu cotidiano.

Como se disse, para poder dar seguimento a uma transformação, é necessário apropriar-se dos próprios espaços.

Nessas breves histórias surge claramente a sincronicidade dos dois processos. Os movimentos produzidos entre as paredes domésticas correm paralelos com novos arranjos psicológicos que se libertam de modelos sedimentados do passado. A organização dos espaços externos, a escolha dos objetos e a sua colocação orientam os processos de amadurecimento interior, dando uma resposta imediata àquilo que está sendo mudado. O externo serve para organizar, marcar, constituir, acompanhar o interno, além de estimular seu crescimento. Da mesma forma, o interno confia ao representante externo o último remate do seu conturbado processo, a fim de comprovar a sua completa realização e lhe conferir legitimidade formal.

Os momentos de descontinuidade têm necessidade de integração, do contrário correm o risco de se colocar como elementos divididos em um processo biográfico. Particularmente úteis a esse objetivo são os atos rituais em que as oposições e as descontinuidades encontram uma síntese. Materializam-se lugares limítrofes e espaços de transição que sintetizam o concreto, o externo e o interno. O pensamento e a palavra, sozinhos, não bastam para selar uma mudança, não têm força suficiente de representação. Pensamentos e palavras são presentificados, concretizados pela atualidade de um ou mais objetos; são eles que sustentam e ratificam a verdade de uma transformação.

2. Perdas

Por aquilo que Quinn era capaz de entender, todos os objetos colecionados por Stillman eram bugigangas. Praticamente nada mais que objetos quebrados, sem serventia, fragmentos perdidos sabe-se lá de que porcaria. Observando-o dia após dia, Quinn notou o esqueleto de um guarda-chuva dobrável, a cabeça de uma boneca de borracha, uma luva preta, o fundo de uma lâmpada quebrada, um mostruário de revistas borradas e folhas esparsas de jornais, uma foto rasgada, pedaços de mecanismos desconhecidos e outras imundícies variadas que não conseguiu identificar. O fato de que Stillman admirasse tal confusão de refugos deixava Quinn perplexo, mas não podia fazer mais do que observar, anotando tudo num caderno de capa vermelha, sem entender nada. Ao mesmo tempo, estava convencido de que Stillman tivesse um caderno de notas vermelho, como se aquilo constituísse uma secreta ligação entre eles. Quinn suspeitava que o caderno de notas vermelho de Stillman contivesse as respostas às perguntas que lhe enchiam a cabeça e começou a imaginar vários estratagemas para tomar posse dele. Mas ainda era cedo para tentar uma jogada dessas.

Stillman não parecia ter em vista nada mais que enriquecer a sua coleção de quinquilharias apanhadas na rua. De quando em quando, parava em algum lugar para comer algo. [...] Stillman nunca falava com ninguém, nunca entrava em uma loja, nunca sorria. Não parecia, claro, alegre, mas tampouco infeliz. Algumas vezes, tendo feito nas calçadas uma colheita particularmente abundante de objetos, voltou para a pensão no meio do dia para reaparecer poucos minutos mais tarde com o saco vazio. [...] A sua ganância por objetos inúteis não se deixava distrair pela atmosfera alegre de todo aquele verde. (Auster, 1987, p. 68-9)

Os objetos e a vida

Catar objetos de todo tipo, fragmentos, refugos, pedaços de coisas nos remete ao sentimento de uma perda súbita. Reúnem-se tantas coisas porque muitas mais, e até mais importantes, se perderam. Mas uma agenda vermelha une as duas pessoas dessa história. Aquele que observa, mesmo não se dedicando à coleta de objetos quebrados, vive próximo da laboriosa atividade de quem deve reparar uma angustiante perda. Quinn assiste à realização do que já estava presente no seu imaginário. Aliás, pertence a todos a fantasia de perder qualquer coisa. Fantasias despertadas pela imagem daquelas pessoas que transportam pacotes pesados, fazendo-os deslizar sobre um carrinho de supermercado cheio de muitas outras sacolas de plástico, inchadas e apertadas, de modo a manter esprimido o próprio conteúdo. De alguma delas emerge um objeto, uma garrafa vazia, uma roupa, qualquer outra coisa não facilmente identificável. São pessoas que perderam tudo e abraçam naqueles fardos o fino fio de sua sobrevivência. O que seria delas se não tivessem nem mesmo aqueles poucos objetos, aqueles poucos panos escondidos e guardados como partes preciosas de si mesmas?

A perda da casa representa uma ruptura irreparável na existência de uma pessoa. A casa, as suas paredes e os seus objetos são o elemento fundante de um sentido identitário, uma referência indispensável para viver. As perturbações e as angústias que brotam dessa experiência aparecem representadas no sonho de Elena.

Ela está em casa e decide ir ao seu quarto se aprontar para sair com um rapaz, mas encontra o tio que lhe fala longamente, e, taxativamente, ela o corta. Consegue entrar no quarto, mas o encontra completamente vazio. Até o prendedor de cabelo não está mais lá. Aproxima-se da sacada e vê todos os móveis desmontados e amontoados num canto. Desperta por causa da angústia que a cena lhe causara.

Na realidade, esse tio um dia lhe disse que ela e a mãe deveriam sair daquela casa porque o imóvel não era só delas, mas também dos outros irmãos. O mesmo tio aparece em muitas histórias e em outros sonhos para representar a prepotência e a agressividade.

Continuidade e descontinuidade

Nesse sonho, ele lhe fala insistentemente, de modo a não permitir que ela vá se aprontar para sair com um rapaz. Portanto, ele a impede de realizar um desejo muito forte naquele momento. Mas a agressão maior vem do esvaziamento do quarto e dos móveis e de todas as suas coisas. "A perda de todas as coisas é uma espécie de aniquilação", diz. Falta até um prendedor de cabelo que toda manhã, com um gesto rotineiro e familiar, coloca na cabeça, tão logo se levanta.

O sonho esconde também outro significado. Elena está planejando sair de casa. Nos finais de semana, frequentemente ela vai dormir com o namorado, mas está planejando algo mais radical no futuro. É uma decisão muito difícil a tomar porque, indo embora, deixa em casa, com uma cuidadora, a mãe inválida, que exige constante atenção. Uma escolha bastante conflituosa, que esconde medos de aniquilação, para usar suas próprias palavras, expressos de modo mais imediato e eloquente com a perda de todas as suas coisas. A vivência de uma separação tão necessária quanto dolorosa é a de uma perda total; não existe melhor representante para esse sentimento do que os móveis desmembrados, os objetos íntimos perdidos.

A lembrança de uma dor retorna na história de Giovanna. A quebra de um pequeno objeto parece representar uma perda bem maior. Estava com o marido mudando um móvel de lugar, um armário envidraçado. Nele estavam expostos muitos objetos, entre os quais um casal de esculturas de porcelana do qual ela gostava muito e que, além de ter um alto valor, era de grande importância para ela, do ponto de vista afetivo. Foi convencida pelo marido a mudar o móvel de lugar sem esvaziá-lo. "Não é necessário, nós o arrastamos devagarinho". No deslocamento, uma das duas estatuetas caiu e quebrou.

Giovanna, mesmo depois de tanto tempo, ainda conta essa história com uma viva dor: "Rompeu-se uma integridade, aqueles objetos tinham sentido apenas se guardados um ao lado do outro".

Na experiência de Karl Rossmann, nós entramos em contato com as condições psicológicas que introduzem uma ruptura psíquica, em cuja dinâmica os objetos podem ter uma parte relevante. Kafka (2007) descreve isso na sua chegada aos Estados Unidos, desorientado, aturdido por aqueles lugares insólitos, incapaz de segurar adequadamente os objetos que levava consigo: no começo, perde o guarda-chuva, depois a bagagem de mão, onde estava guardada a fotografia dos seus pais, além de outros objetos importantes para ele. Suas defesas não estão preservadas, e sua sobrevivência, ameaçada. Os objetos que tinha levado consigo não são mais um escudo protetor válido, uma bagagem complementar de sua pessoa.

Muitas vezes, na vida diária, descobrimos ter perdido alguma coisa, ou, em algumas épocas em particular ou em dias especiais, parece que as coisas nos escapam das mãos e se escondem. Nos sonhos, essa experiência é acompanhada por estados de espírito angustiantes, quando a reconquista de um objeto perdido torna-se uma tarefa árdua por causa dos movimentos lentos e pesados.

Perec, dando-se conta de ter conservado pouquíssimas recordações da infância, foi invadido por uma verdadeira "fobia do esquecimento". É assim que concebeu um antídoto singular para exorcizar a repetição de tal experiência. Guardava tudo: as cartas com os envelopes, os ingressos de cinema e as passagens de avião, as contas, os talonários de cheque, catálogos, recibos, convites, marca-textos ressecados, isqueiros sem carga, contas de gás e de luz pagas havia muitos anos. Talvez passasse dias inteiros a selecionar essas coisas, pensando em reconstruir com elas cada instante da sua vida passada.

> É esta a época da tentativa de inventário dos alimentos líquidos e sólidos ingeridos no ano de 1974, no qual, com um resultado – ao mesmo tempo monstruoso e definitivamente estranho –, registra apenas fatos do tipo: "Comi um pernil de cordeiro e bebi uma garrafa de Gigondas", mas "nenhum pensamento". [...] [Seguindo] uma maneira de pensar definitivamente compulsiva – conta Perec –, toda noite, com maníaca consciência, dispus-me a ter uma espécie de diário: exatamente o inverso de um diário íntimo; nele eu registrava apenas o que me sucedia de "objetivo". (Perec apud Borsari, 1992, p. 245)

A vida das pessoas geralmente se passa em mais de uma casa, e a mudança de casa é uma condensação de emoções ligadas a memórias, separações, projetos, reencontros. Às vezes a mudança de casa reproduz o modelo da crise, em que domina o aumento das emoções, muitas vezes difíceis de conter; uma vez atracado na nova morada, surgem sentimentos de estranhamento e de desenraizamento. É necessário encontrar novas referências. As velhas predominam por um período mais ou menos longo; lentamente, novas identificações colocam à distância a velha casa junto com os lugares abandonados, até serem esquecidos.

> Todo clínico atento diz isso: numerosas dificuldades psicológicas sobrevêm logo após uma mudança de casa. O sentimento de perder um ponto de referência insubstituível? É por determinadas razões parecidas que determinadas pessoas ficam impossibilitadas de mudar de casa. Uma forma de simbiose entre a sua alma e as paredes e os objetos as conduz a sentir qualquer separação como um desenraizamento tão forte a ponto de temer perder uma parte do seu corpo. (Eiguer, 2007, p. 87)

Observei como, nas histórias de toxicodependência, uma experiência de crise determinante para o início do uso de substâncias foi a mudança de casa e de bairro. Uma vez perdidas as referências históricas, o jovem se encontra na obrigação de reconstruir um tecido relacional. Aquele que deixou lentamente se gasta. E, uma vez que é "estrangeiro" no novo contexto, tende a se ligar a grupos marginais. De mais a mais, ele perde as referências passadas, os olhares atentos e controladores das pessoas conhecidas, limites tão necessários na adolescência. O distanciamento das coisas claras, dos lugares de sempre, da casa onde se viveu muito tempo e a chegada a uma situação completamente anônima produzem uma inevitável desorientação que, nesses casos, frequentemente é acompanhada de uma socialização do uso de substâncias.

Quando, então, as referências da própria existência desaparecem totalmente, vemos como se fica agarrado a um pequeno e salvador objeto para proteção contra uma perda de identidade. Muitas vezes assistimos a um apego espasmódico aos objetos por ocasião de catástrofes naturais. Como "guardiões do tempo", na esperança de que algum objeto possa ainda emergir dos destroços, mulheres e homens vigiam o lugar onde, destruída por um terremoto ou por uma inundação, a própria casa estava.

Em Hamburgo, entre as pedras de sua casa bombardeada, Nossack encontra a sua escrivaninha e, com grande alegria, também alguns manuscritos. Mas não consegue abrir o cofre. Enfia as coisas que lhe parecem mais valiosas em alguns sacos e envolve tudo em uma coberta de lã que conseguiu recuperar; mas, de repente, se dá conta de que tudo tem valor: uma velha toalha, uma escovinha de unha, um candelabro de ferro forjado, e quem sabe mais o quê.

O primeiro dia em que retorna à sua casa, o aquecedor da sala de jantar ainda estava grudado na parede, suspenso no alto. Depois de alguns dias, não o viu mais, porque as paredes ainda em pé haviam sido detonadas. Não sobrou mais do que um monte de pedras, diminuto demais para representar o palácio que era.

> Continuávamos a dizer: mas não é possível! Onde será que estão aquela antiga mesa pesada e o piano de madeira de tília? E o baú? Deveria ter sobrado bem mais. Sim, e eu não conseguia deixar de forçar a vista para ver se, por acaso, em algum canto, não estava pendurada a imagem da Virgem. Mas não havia sobrado nada. [...] Se tivesse sobrado algo, não teríamos parado de lhe fazer carinho, porque seria como se levasse dentro de si a essência de todos os outros objetos. E quando íamos embora, deixávamos um vazio às nossas costas. E o apartamento? As nossas coisas? Não é possível. (Nossack, 2005, p. 90)

Usava qualquer coisa para não encarar a realidade. Agia como se nada tivesse acontecido. Uma farsa difícil de manter, que ruía toda vez que ele pensava em um objeto sem valor, de uso diário. As coisas preciosas ficaram no fundo, quase esquecidas. Voltava-lhe à mente a espreguiçadeira na varanda, sobre a qual havia repousado dias antes; não conseguia livrar-se da recordação daquele objeto, parte integrante da vida cotidiana havia tão pouco tempo.

Precisamos das coisas, e as coisas precisam de nós. Uma relação recíproca em que os objetos se colocam como criaturas animadas, seres viventes. Em situações extremas como aquela descrita, é ativada uma bem-vinda atividade defensiva, por meio da qual a própria necessidade de assistência é projetada sobre os objetos perdidos. Essa parte necessitada de cuidados assegura que os objetos espalhados se tornam, eles próprios, os portadores subjetivos desse apelo: objetos antropomorfizados reclamam nossos cuidados. Em um contexto tão devastador, a implementação de uma defesa tão primitiva era, seguramente, um benéfico antídoto contra a ruptura psíquica.

> Enquanto Misi e eu caminhávamos por entre as ruínas de nosso bairro em busca de nossa rua, vimos uma mulher que lavava os vidros em uma casa que ficou isolada e intacta em meio ao deserto de destroços. Trocamos um aceno apressado e nos detivemos encantados. Achamos que ela tinha enlouquecido. O mesmo ocorreu quando vimos as crianças entretidas em arrancar o mato e limpar um jardim. [...]
> É de nós que esses objetos recebem a vida, porque para eles, em determinado momento, voltamos nosso afeto. Absorvem o nosso calor e o guardam com gratidão, para depois nos restituí-lo, fortalecendo-nos com ele nas épocas sombrias. Nós éramos responsáveis no seu confronto, só poderiam morrer conosco. E agora estavam do outro lado do abismo, em meio ao fogo, e gritavam para nós, implorando: Não nos abandonem! Tínhamos consciência disso, ouvíamos sem ousar pronunciar os nomes, porque a compaixão nos teria destruído. Nem sequer ousávamos olhar para trás para observá-los. Produzíamos em nós mesmos a ilusão de que suas vozes se fariam mais roucas à medida que fôssemos nos distanciando do fogo, mas eles não nos deixavam abandoná-los. (Nossack, 2005, p. 55-9)

Uma íntima comunhão se faz ainda maior em presença de um objeto pequeno; sensibilizamo-nos por um pedaço de corda, de vela, de papel, de tecido. O objeto pequeno, mais ainda do que o grande, concentra histórias e significados. Requer uma proteção suplementar em relação àqueles que assumem o encargo de dá-la. O objeto pequeno parece ter sido intimamente possuído pela pessoa, entre as suas mãos, protegido por elas, enquanto o grande fica mais externo e distante.

Os objetos e a vida

> Em uma das páginas do *Livro do desassossego*, Fernando Pessoa declara o próprio amor pelas coisas mínimas, as coisas que, não tendo nenhuma importância social ou prática, "sabem da irrealidade". Tudo o que é fútil ou inútil assume, a seus olhos, um valor particular, absoluto: o de deixar aflorar o mistério da existência sem qualquer desvio ou simulação. A presença insignificante de um alfinete sobre uma tira de tecido, ou de uma pedrinha no meio de uma rua, suscita nele a profunda sensação de estar em presença de algo que, no seu coisificar, vive livre e independente, visto que *não é senão aquilo que é*. (Vitale, 1998, p. 78)

Assim são os cinco quilos de velas meio usadas encontradas por Lydia Flemm (2005): dentro de caixas de biscoito, enfileiradas uma ao lado da outra, foram acesas e apagadas antes que se consumissem inteiramente. Pegou-as, colocou-as em linha reta sobre a mesa e fez que iluminassem o quarto. Ficou ali a observar, enquanto, lentamente, derretiam até que se apagassem sozinhas; assim como se apagara a vida de quem as havia possuído.

Quando os acontecimentos são extremos, tudo o que está em jogo se radicaliza. Se os objetos corroboram e fundamentam o próprio *self*, sua subtração violenta concorre para aniquilar sua existência. O presente testemunho, escolhido entre os muitos existentes, nos faz entrar em contato com tal experiência extrema, que poderíamos dizer última.

> Cada dia chegavam a Treblinka até 20 mil pessoas. Não tinham nada de especial os dias em que desembarcavam na estação não mais do que 6 ou 7 mil "viajantes". Quatro ou cinco vezes ao dia, a esplanada se enchia de gente. E aquelas dezenas, centenas de milhares de olhares interrogativos e inquietos, aqueles rostos jovens ou velhos, aquelas belas moças com os cachos negros ou com a testa envolta em um halo dourado, aqueles anciões calvos, encurvados, encarquilhados, aqueles adolescentes tímidos, enfim, não eram mais que uma torrente onde desapareciam a razão e a ciência, o amor das moças e a curiosidade das crianças, a tosse dos velhos e o coração do homem. [...] No espaço de um instante, seus olhares registravam na esplanada uma porção de detalhes insólitos e alarmantes. O que era aquele

Continuidade e descontinuidade

enorme muro de seis metros de altura, revestido com ramos de pinheiro, agora amarelecidos, e com cobertores? Inquietantes também eram aquelas cobertas acolchoadas, de todas as cores, de seda ou de tecido indiano, tão parecidas com aquelas que os recém-chegados traziam consigo. De onde vinham? Quem as tinha levado até ali? Onde estavam seus donos? Não precisavam mais deles? [...] Enfim, todos estavam ali. O *Unterscharführer* (suboficial de tropa das SS) então, em voz alta, pronunciando claramente cada palavra, os convidava a deixar no lugar as bagagens e dirigir-se ao banho, levando consigo apenas os documentos, os objetos de valor e o estritamente necessário para se banhar. Dezenas de perguntas se amontoavam sobre seus lábios: seria necessário pegar a roupa de baixo? Poderiam desfazer as trouxas? Voltariam a encontrar os próprios bens pessoais? Não teria desaparecido nada? [...] Um sentimento horrível – o de estar irremediavelmente perdido – se apossava dos condenados; impossível escapar, impossível voltar atrás, impossível combater: das torres de madeira, baixas e atarracadas, surgiam as metralhadoras. Pedir ajuda? [...]

Em frente à estação, rápidos e silenciosos, duzentos operários com uma braçadeira azul-celeste desfaziam as trouxas, abriam os alforjes e as malas, desatavam as correias dos porta-mantas. Procediam à seleção e ao cálculo do valor dos objetos ali deixados pelo grupo recém-chegado: maletas de trabalho cuidadosamente organizadas, novelos de lã, cuecas de meninos, malhas, lençóis, suéteres, tesouras, *nécessaires* de toalete, maços de cartas, fotografias, dedais, frascos de perfume, espelhinhos, toucas de dormir, pantufas, botas forradas com uma manta de algodão para proteger do frio, meias e sapatos femininos, rendas, pijamas, pacotinhos de manteiga, café, caixas de chocolate, roupas de oração, castiçais, livros, biscoitos, violinos, brinquedos com peças de montar. [...]

Enquanto os homens, ainda vivos, se apressavam no banho, a seleção dos objetos era concluída. Os objetos de valor eram levados para o depósito; as cartas, as fotos dos recém-nascidos, dos irmãos, das noivas, os convites de casamento, amarelados pelo tempo, as milhares de coisas infinitamente caras e preciosas para aqueles a quem pertenciam, mas que, para os senhores de Treblinka, não tinham qualquer interesse, eram amontoadas e jogadas em buracos imensos, no

Os objetos e a vida

fundo dos quais jaziam centenas de milhares de outras cartas, cartões, cartões de visita, fotografias, folhas cobertas de rabiscos de crianças, de desenhos ingênuos, feitos com lápis de cor. [...]

Então se dava início a uma nova operação. Nus, todos eram conduzidos aos guichês onde deveriam entregar os documentos e os objetos de valor. E, de novo, subia aquela voz terrível, hipnótica: *"Achtung! Achtung! Achtung!* Quem tentar esconder objetos de valor será punido com a morte!" [...]

Depressa em direção ao nada! Sabemos, graças à cruel experiência desses últimos anos, que, quando está nu, o homem perde toda a tendência a resistir e para de lutar contra a sorte; com a vestimenta, perde o instinto vital e aceita aquilo que lhe sucede como uma fatalidade. [...]

Essa extensão deserta cercada de arame farpado tragou mais vidas humanas do que todos os oceanos e todos os mares do planeta, desde que existe o gênero humano.

A terra vomita fragmentos de osso, dentes, diversos objetos, papéis. Não quer ser cúmplice.

As coisas escapam do chão que se racha, das suas feridas ainda abertas: camisas semidecompostas, roupas íntimas, sapatos, porta-cigarros esverdeados, engrenagens de relógio, canivetes, pincéis de barba, castiçais, chinelos infantis com pompons vermelhos, toalhinhas bordadas da Ucrânia, *lingeries*, tesouras, dedais, espartilhos, ataduras. Mais adiante, pilhas de utensílios: copos de alumínio, taças, frigideiras, panelas, caçarolas, latas, cantis, maletas, copos em ebonite para crianças... Ainda mais adiante, uma mão parece ter tirado da terra inchada passaportes soviéticos parcialmente carbonizados, diários de viagem em búlgaro, fotografias de crianças de Varsóvia e de Viena, cartas infantis, versos escritos na página amarelada de um livro de horas, cartões de racionamento alemães... E, por toda parte, frascos de perfume, verdes, azuis ou rosa. (Grossman, 1999, p. 90-2, 95-6, 119-20)

3. LIVRAR-SE DOS OBJETOS

Quando voltou do carro com a segunda leva de caixas vazias, encontrou sobre a mesa algumas pilhas de livros já parcialmente espanados. Cabia a ele fazer esse trabalho, mas Sophia é uma daquelas pessoas que não suportam ficar paradas vendo os outros trabalharem, ao contrário de sua tia, que estava na sala de estar conversando com uma amiga, informando-se do nascimento de seu neto.

> Não tenho a menor ideia do que fazer com esses livros depois de colocá-los nas caixas, disse Sophia. – Talvez interessem a alguma associação beneficente.
>
> – Vou perguntar para a senhora Dibble. Ela ainda tem um fichário onde anota coisas desse tipo.
>
> – Tio George morreu há vinte anos ou mais, e todos os livros que tinha ficaram aqui. Temo que todas as suas roupas também ainda estejam no armário do andar de cima.
>
> – Isso não é nada comparado a certos clientes nossos – disse. – Tem uma mulher, a senhora Morey, que dorme com o roupão do marido ao pé da cama, e ele morreu antes de eu a conhecer. (Tyler, 1999, p. 99)

É a história de um jovem que inventou um novo ofício. Presta os serviços mais absurdos a idosos que pedem ajuda: ele os acompanha nas compras do supermercado uma vez ao mês, muda de lugar dentro de casa as coisas pesadas ou as leva para outro local; mas o que mais frequentemente lhe acontece é ter de reorganizar radicalmente suas casas ou mesmo desocupar casas velhas que foram vendidas. Nesse caso, foi contratado por uma senhora que perdeu o marido há muitos

Os objetos e a vida

anos para dar um jeito na garagem e desocupar toda a casa de coisas que não estão mais em uso.

A mesa de trabalho do senhor Alfred era um desses objetos que parecem continuar a ter vida própria, mesmo após a morte do proprietário. Claramente, era uma daquelas pessoas que não conseguiam jogar nada fora. Sobre as prateleiras, havia potinhos de papinhas cheios de parafusos de todos os tamanhos, todos um tanto em mau estado, tortos, sem ponta ou enferrujados. Evidentemente, ele os havia guardado por décadas, apesar de, imagino eu, a mulher lhe implorar que jogasse tudo fora.

— Senhora Alford, eu acharia melhor a senhora ir para casa enquanto arrumamos tudo.

— Mas como vocês vão fazer para saber onde colocar toda essa tralha? — perguntou a senhora Alford.

Era uma pergunta sensata. Passou diante da mesa de trabalho roçando ora uma serra, ora um martelo.

— Meu sobrinho Ernie é muito habilidoso — disse-nos.

— Talvez eu devesse dar essas coisas para ele.

— E os parafusos e todo o resto?

— Bem, aqueles... — disse.

— Podemos jogar fora?

Aproximou-se dos potinhos de vidro. Pegou um e o observou.

— Nós cuidamos disso, não se preocupe — disse. — Pode voltar para a casa.

Dessa vez não protestou. Assim, ficamos mais um pouco limpando a garagem, procurando caixas vazias, enchendo-as de ferramentas, escrevendo nelas "Ernie" e jogando todo o resto nos sacos de lixo.

— Como as pessoas fazem para acumular tanta tralha? — perguntei a Martine. — Olhe, um rastelo com apenas três dentes.

— Um velho telefone de disco — disse Martine — com um bilhete grudado que diz: "Não funciona". (Tyler, 1999, p. 130)

Continuidade e descontinuidade

Alguns objetos perdem irremediavelmente seu valor, além de sua funcionalidade, e, assim, podem ser eliminados. A senhora Alford tinha necessidade de guardar todos os objetos deixados pelo marido, sem exceção, até os parafusos enferrujados, amontoados em potinhos de vidro. É uma maneira de manter, em vida, a ligação com uma pessoa querida, para proteger a integridade da memória, talvez até manter vivos fragmentos da pessoa que se foi.

Nessas experiências, no entanto, intervêm transformações que mostram a possibilidade de pôr em prática um modo diferente de se relacionar com os objetos e, ao mesmo tempo, a transformação da lembrança de quem morreu. Essa história registra algo importante. A relação com o defunto, inicialmente, é mantida através de um investimento na totalidade dos seus objetos, que figuram como representantes da pessoa inteira. Se apenas um pedaço, um fragmento, é perdido ou jogado fora, é a integridade da pessoa que está sendo ameaçada. A transformação se dá quando um único objeto ou uma pluralidade de objetos são investidos simbolicamente. É assim que alguns deles conseguem ter capacidade de representar e substituir a coleção inteira de objetos pessoais. Quem morre também poderá continuar a ser lembrado apenas em pequenos fragmentos daquilo que tinha possuído.

Manter intransigentemente a totalidade dos objetos esconde uma fragilidade, além de uma relação mal resolvida com o ente querido que faleceu. Uma relação que aparece embalsamada junto com as coisas, incapaz de se desvincular de um contato constante com elas. Em tais casos, a relação com os objetos assume o tom da imutabilidade, da inamovibilidade; sinal de uma identidade ancorada naquelas coisas e jamais separada delas. Os objetos aparecem como fragmentos esparsos de um *self* que busca tenazmente permanecer íntegro e sempre igual a si mesmo.

Se coisas demais são guardadas, se se acumula de modo excessivo, atravanca-se e satura-se a vida presente e futura com os legados do passado. O presente tem seus movimentos amordaçados e impedidos. Quando, finalmente, consegue desvencilhar-se completamente, é como se respirasse novos ares: doar as coisas pode ganhar um sentido libertador, para além das necessidades que impõe.

A experiência de "abrir espaço" pertence a todos, com diferentes intensidades e resistências, como também a fantasia de não possuir mais nada, de viver em um contexto sem qualquer objeto identificado.

> Penso em um ladrão. Chegaria na varanda, giraria a maçaneta e entraria em minha casa. Pegaria as coisas: a televisão, o videocassete, a prataria, as minhas joias, coisas que acumulei todos esses anos, acumulei como símbolos do meu casamento, coisas que às vezes parecem ser, elas próprias, o meu casamento. Eu o ajudaria a encher as sacolas. Pegaria as coisas que fazem de mim aquela que sou e que, àquela altura, poderia ser outra pessoa. (Homes, 2001, p. 109)

Como um animal que perde a sua pele para que cresça uma nova, talvez diferente daquela anterior. Ilusão da transformação ou jogo da fantasia que transporta o próprio *self* a diversos universos. Existe quem coloque essa estratégia em ação. Lemos isto, vez ou outra, nos jornais: "Sai de casa e desaparece". Depois de vinte, trinta anos, o retorno, quase sempre tão doloroso quanto a perda.

Até nas situações mais dramáticas um desejo de liberdade atravessa quem perdeu a maior parte dos seus bens. Voltemos às cenas do bombardeio de Hamburgo, dessa vez com uma coloração emotiva diferente.

> Viajávamos rapidamente através desta terra de paz rumo à cidade morta. Foi então que – vindo não sei de onde – fui tomado por uma sensação de felicidade autêntica e irresistível, tanto que dificilmente contive o grito exultante: Agora começa finalmente a nova vida! Como se, diante de mim, tivesse estourado a porta de uma prisão e, sobre o meu vulto, soprasse o ar cristalino de uma liberdade há muito anunciada. Foi como sentir-se realizado. (Nossack, 2005, p. 69-70)

Existem aqueles que, propositalmente, colocaram esse projeto em execução, não pressionados pelos acontecimentos, mas transformando-os em princípio de vida. É a experiência da ascese proposta por São Francisco de Assis, que também tem seu grande fascínio: "Se

Continuidade e descontinuidade

queres ser perfeito, vai, vende tudo o que possuis e dá aos pobres, assim terás um tesouro no Céu. Quem quiser vir após mim, renuncie a si mesmo, tome a sua cruz e me siga. Não queira levar embora coisa alguma".

Nessa mensagem, existe quase uma identidade semântica entre "tornar-se perfeito", "renunciar a si mesmo" e "não levar embora coisa alguma". Dimensões existenciais misturadas entre si, representações do que é essencial e verdadeiro.

A história de João Felizardo e de sua aparente estupidez, que, inversamente, esconde uma profunda sabedoria, lembra muito bem a advertência franciscana. João Felizardo, um jovem personagem de uma das fábulas dos irmãos Grimm, encontra ao longo do seu caminho várias pessoas que têm mais experiência de vida e parecem muito mais visionárias do que ele. Com cada uma delas ele permuta os objetos, e o que recebe em troca tem sempre um valor menor do que o daquele que entregou. Troca um grande pedaço de ouro, grande como sua cabeça, por um cavalo que lhe permite locomover-se mais rápido. Sucessivamente, dá o cavalo em troca de uma vaca que pode fornecer-lhe o leite e o queijo. E então a vaca por um leitão, este por um ganso, e este por uma pedra de amolar. Mas a pedra cai na água, e ele não volta a encontrá-la. Fica contente assim porque, aliviado de tantos pesos e responsabilidades, pode finalmente voltar para a mãe. As figuras com as quais entra em contato têm a virtude de saber fazer planos, são hábeis em adquirir bens e pensar em sua utilidade, projetando-se para o futuro. João Felizardo, pelo contrário, não é nada mais do que ele mesmo no presente, ganhou peso com as coisas que precisa levar consigo. Ao longo de toda a viagem, liberta-se desses pesos, adquire na troca objetos e bens que permitem que caminhe mais rápido e tira proveito das características que lhe resolvem as necessidades de momento. Apesar de ter a percepção do quanto está perdendo, experimenta, de todo modo, um sentimento de felicidade plena. Renuncia a tudo o que possa representar um bem no qual investir no futuro. Prefere adquirir qualquer coisa que imediatamente lhe possa dar uma gratificação.

Os objetos e a vida

São fáceis, e talvez também um pouco previsíveis, as primeiras interpretações dessa história. A histórico-sociológica se refere à ética protestante e ao espírito capitalista: a aquisição de bens em função do aumento da riqueza futura. A própria pessoa conquista sua profundidade nesse processo; mas não é exatamente aquilo que João Felizardo quer perseguir.

> É possuindo as coisas por meio do trabalho – e reconhecendo essa posse como propriedade privada – que se pode estabelecer a relação com "o outro", que é uma relação entre iguais enquanto possuidores e proprietários. (Iacono, 1992, p. 16)

Uma leitura psicodinâmica levaria a interpretar o seu comportamento como uma incapacidade de protelar o prazer e de tolerar a frustração. Comportamento focalizado no presente, na materialidade e na fruição do objeto, sem saber aproveitar todas as suas potencialidades.

Ambas as leituras, mesmo partindo de pressupostos teóricos diversos, deságuam na mesma ideia, reforçada, entre outros, pelo epílogo da história em que João Felizardo volta para a mãe: sinal tanto de uma irreparável regressão quanto de renúncia a qualquer investimento adulto projetado no futuro.

Mas há muito mais e muitos aspectos diferentes do que uma postura insensata diante da vida, uma renúncia à acumulação capitalista e um impulso rumo a uma regressão materna. João Felizardo quer definir-se a si mesmo com base naquilo que considera mais verdadeiro e genuíno na sua pessoa, respondendo às suas necessidades, àquilo que ele é, e não com base naquilo que possui. Essa última possibilidade não lhe interessa, ao contrário daqueles que se torturam para construir um mundo de objetos, na ilusão de poderem ser definidos e resumidos por suas posses. Segundo essa leitura, o retorno à mãe não tem um caráter regressivo, mas representa uma retomada do que, para ele, foi fundante e essencial. A mãe é o objeto não eliminável da sua existência.

Na vida de cada dia, paralelamente à construção de um mundo de objetos, torna-se indispensável manter também a possibilidade de se separar deles. Abrir-se a essa experiência significa introduzir novas dimensões de vida, aceitar conviver com outros objetos em um contexto que se faz diferente do anterior, renovar a própria identidade.

Frequentemente, as pessoas reorganizam as coisas e as jogam fora. São ocasiões não determinadas por eventos especiais, mas nascidas da simples constatação de um excesso de objetos que torna difícil ou nada menos que caótico o seu uso. Esses momentos de reorganização parcial implicam também o ato de jogar fora, segundo uma seleção preventiva daquilo que ainda pode servir e do que, pelo contrário, deve ser descartado. Existem momentos, no entanto, em que se é quase obrigado a essa obra de liberação; momentos, por assim dizer, "institucionais", em que se tem uma revolução parcial dos próprios hábitos. Volta a experiência da mudança de casa, crucial na transformação da relação com os objetos e com os lugares, e que tem um impacto significativo sobre a vida emocional. "A cultura nos oferece uma mudança de casa para fazer nascer, a partir da nossa mente, outro nós-mesmos" (Eiguer, 2007, p. 90).

Mudar de casa representa, muitas vezes, uma melhora das condições de vida, uma ampliação dos espaços, uma aproximação dos lugares mais desejados. A mudança de casa impõe um contato intenso e extraordinário com os objetos, com os já possuídos e com outros que serão adquiridos, uma reflexão sobre seu uso e sobre seu novo lugar. É uma experiência que leva, quase sempre, a uma verdadeira ressignificação do objeto, uma vez que, posto em um lugar diferente, pode transformar sua velha identidade: não é mais aquilo que era antes. Adquire um novo caráter, começa, junto de nós, uma nova história. Será necessário fazer, então, um novo esforço de memória para ser capaz de lembrar o seu lugar no passado, a sua existência anterior que pode ser muito diferente da atual. Estão frente a frente em nossa mente uma percepção que nos diz como estão as coisas agora e uma memória que nos conta de um passado diferente.

Voltar a misturar, a adquirir novos objetos depois de ter aberto um novo espaço parece uma ação dinâmica na memória, a qual não conseguiria sobreviver sem uma simultânea e benéfica intervenção do esquecimento. A nossa mente seria totalmente atulhada de

Os objetos e a vida

informação, não conseguiria mais funcionar. Como acontece com o famoso homem que nada esquecia, descrito por Lurija (2002), o qual, a certa altura de sua existência, por causa da própria incapacidade de esquecer, caiu em uma grave crise psicótica.

Há ainda outra história de uma pessoa que tem uma intensa e singular relação com os objetos. A imagem que Anna Maria tem de si é de uma pessoa aparentemente calma e sensata, que vive o dia a dia de modo irrepreensível, mas que, vez ou outra, tem atitudes explosivas, sobretudo imprevisíveis para os outros. Os pais, que a conhecem bem, estão de sobreaviso e, volta e meia, sondam o terreno para saber se está chocando alguma reviravolta nova e repentina ou "erupção", como ela mesma a chama.

Supõe ativar tais comportamentos por ter sido reprimida com uma educação tão severa que isso lhe devolveria os seus espaços de autonomia. A autonomia negada pelos pais quando era criança transformou-se em dificuldade para desenvolver uma autonomia pessoal quando adulta.

Assim foi sua vida de casada por um longo período. Depois de ter se divorciado pela primeira vez, encontrou um homem a quem ama muito, do qual se tornou uma companheira atenciosa e com quem teve uma filha muito amada por ambos. Sua casa sempre foi perfeita: tudo no seu lugar, limpa em excesso, sem nada que pudesse estar fora de lugar. As roupas de cama eram passadas a ferro com esmero e bem guardadas nos armários, a começar pelos lençóis que, se não estivessem arrumados de modo perfeito, não a deixariam tranquila: distinguia a presença de qualquer coisa fora de tom, de qualquer coisa malfeita. Não podia deixar de tirá-las do armário, passá-las e devolvê-las novamente ao lugar onde estavam. Essas operações reprimiam o conflito em que se encontrava. A ele se ligavam desejos inconscientes de outro tipo, mas, justamente, passar e colocar a roupa com cuidado em ordem lhe dava a sensação de que tudo estava no lugar dentro dela.

Nesse mundo ordenado e harmonioso, havia um sinal, um pequeno sinal, aparentemente desconectado de todo o resto, que vinha à tona de vez em quando: uma necessidade enorme de jogar fora tudo

Continuidade e descontinuidade

o que lhe parecia defeituoso, minimamente desgastado, para dar lugar para o novo. Em casa, muitas vezes, coisas desapareciam, não somente as suas, porque ela era impelida pela necessidade de jogar fora o velho para, necessariamente, abrir espaço ao novo. Nesse clima de aparente calma e integração, naquela casa onde tudo tinha sempre estado perfeitamente em seu lugar, havia, no entanto, tantas coisas das quais ela precisava se livrar. Coisas que, subitamente, envelheciam, objetos que perdiam sua função, destruídos pouco depois de sua aquisição. Os objetos novos criavam uma rajada de liberdade e de esperança de uma vida mais autônoma e realizada. Como um novo *self* que poderia tomar forma.

Depois, alguma coisa realmente mudou nela. E, nessa transformação, entram novamente os objetos de uso diário, a partir da recusa de passar roupa, exceto as camisas do marido. Sinal de uma rebelião contra seus próprios hábitos, a começar exatamente por aqueles lençóis que lhe haviam avivado um conflito interior e que, agora, jazem amassados no armário, uns colocados sobre os outros.

Uma dupla ação simbolicamente diferente, que nasce de uma intensa relação com os objetos. Libertar-se deles para renovar-se a si mesma, reduzir uma tensão e também uma repressão interna mediante a eliminação de um objeto. Nesse, como em outros casos, uma forma diferente de tratar os objetos permitiu também novas experiências internas, mais livres e menos vinculadas ao passado. Como também se algumas partes internas "desordenadas" de sua pessoa pudessem se integrar com as imagens de si mesma manifestadas aos outros. Nesse caso, a roupa de cama amassada não tem mais olhares de reprovação para ela.

Por vezes, encontramo-nos a repetir a mesma coisa em circunstâncias cotidianas, quando reorganizamos os nossos espaços de trabalho.

> Sobre a minha escrivaninha existem muitos objetos. O mais velho é, sem dúvida, a caneta-tinteiro; o mais novo é o pequeno cinzeiro redondo que comprei na semana passada; é de cerâmica branca e a decoração retrata o monumento aos mártires de Beirute (da guerra de 1914, imagino, que ali ainda não está prestes a estourar).

Os objetos e a vida

> Fico muitas horas do dia sentado à escrivaninha. Talvez a quisesse completamente desobstruída. Mas muitas vezes prefiro que esteja entupida, até quase ao excesso; a mesa é constituída de uma placa de vidro de um metro e quarenta de comprimento, por setenta de largura, disposta sobre cavaletes de metal. A sua estabilidade está longe de ser perfeita, e, no fim das contas, não é mau que esteja carregada ou sobrecarregada: o peso dos objetos que suporta contribui para torná-la estável e em ordem.
>
> Acontece comigo muito frequentemente de pôr ordem em minha escrivaninha, o que consiste em mudar para outro lugar todos os objetos para, depois, tornar a colocá-los como se deve, um a um. Lustro a placa de vidro com um pano (às vezes embebido em algum lustrador especial) e faço o mesmo com algum objeto. O problema que se coloca então é decidir se o tal objeto coincide com o início ou com o fim de um trabalho bem feito, e, geralmente, eu o encaixo bem no meio daqueles dias sem nada de especial, quando ainda não sei bem o que fazer e durante os quais me dedico apenas a algumas atividades tapa-buracos: organizar, arquivar, pôr em ordem. (Perec, 1989, p. 55)

Atividade que nasce no espaço entre um trabalho e outro, quando a mente, entusiasmada por uma genérica obstinação, vaga entre espaços ainda vazios, e, ao tentar colocar ordem nas próprias ideias, organiza os muitos objetos de que se vale para o próprio trabalho: livros, pastas, lápis, folhas esparsas, anotações, bloco e *post-it*, canetas e marca-textos. Existe um espaço físico e um espaço mental que coincidem, e o espaço mental, para poder funcionar da melhor maneira possível, tem necessidade de um espaço físico que esteja livre de obstáculos, de "sinais" que pertençam a um tempo que não é aquele que se está vivendo.

Por sorte, estamos acostumados e aparelhados para desenvolver de modo automático, e, portanto, com menor esforço, uma seleção das muitas coisas das quais é necessário se libertar. Para começar um novo dia, é necessário remover os obstáculos do dia anterior. Ordem e limpeza, espaços vazios e livres inauguram uma nova jornada.

Foi um *monsieur* Poubelle, prefeito do Sena, quem primeiro prescreveu (1884) o uso desses recipientes nas até então infectas ruas de

Continuidade e descontinuidade

Paris. [...] E também porque a mais forte lei não escrita que obedece ao ritual dos nossos gestos cotidianos prescreve que a expulsão dos resíduos do dia deve coincidir com o encerramento do próprio dia, e que durmamos depois de ter afastado de nós as possíveis fontes de maus odores (tão logo os visitantes da noite tenham ido embora, abra logo as janelas, enxágue os copos, esvazie os cinzeiros; na *poubelle*, a camada de cinzas e de bitucas sela a acumulação das escórias do dia como os depósitos das glaciações separam uma era da outra nos cortes geológicos) não apenas por um natural escrúpulo de higiene, mas para que amanhã, ao despertar, possamos começar um novo dia sem ter mais de manusear o que, durante a vigília, deixamos cair de nós para sempre. (Calvino, 1995, p. 74, 77)

Um dia se encerra com os restos bem fechados, que são levados embora. Operação tão salutar quanto necessária. O estreito círculo de aquisição de um produto, do seu consumo e da cessão do seu acondicionamento ou das suas escórias está sujeito a uma privacidade. Os restos e os resíduos das aquisições são reunidos em saquinhos pretos, que também guardam certo pudor, e, depois, são jogados fora. Da mesma forma como, no supermercado, não se olha no carrinho do vizinho, uma vez que o desejo não pode ser presa dos olhares alheios. Como os objetos desenham uma biografia, também os resíduos podem esboçar a vida de uma pessoa.

Jogar fora a *poubelle* é, assim, interpretado simultaneamente (porque assim o vivencio) sob o aspecto de contrato e sob o de rito [...], rito de purificação, abandono de minhas próprias escórias [...] o importante é que, nesse meu gesto diário, eu confirme a necessidade de me separar de uma parte do que era meu, o despojo, ou crisálida, ou limão espremido do viver, para que nem a essência reste, para que amanhã eu possa identificar-me por completo (sem resíduos) com o que sou e tenho. Somente descartando posso assegurar-me de que alguma coisa de mim ainda não foi descartada e talvez não seja nem será descartável. (Calvino, 1995, p. 77-8)

Assim, todos os dias, com atos que se perseguem: adquirir, consumir, limpar e descartar. Purificações repentinas e automáticas, bem diferentes daquelas que solenemente são feitas todos os anos na mudança de estação.

> Lembro que certas culturas instituem a limpeza periódica da casa com o objetivo de se desfazer de objetos não indispensáveis. Antes da Páscoa judaica, o fiel deve livrar-se do alimento associado ao pão, como massa, farinha, fermento etc., aproveita para fazer uma limpeza profunda, jogando fora outros víveres ou objetos inúteis. (Eiguer, 2007, p. 57)

Rituais de renovação como as limpezas sazonais que saúdam a entrada da nova estação, a fim de deixar para trás o frio, o fechado, o coberto. Abrimo-nos para o externo, para o calor que chega descobrindo as coisas da casa, expondo-as ao sol, eliminando toda a escória dos longos meses invernais. Não apenas naquele lapso de tempo que marca o ingresso em uma nova estação, mas também quando o ano se renova: momento ritual presente em muitíssimas culturas em que se joga fora o velho e se saúda o novo, criando outro espaço para uma renovada esperança.

IV. Relações

1. Em casa

Frequentemente escutamos a história de um sonho em que se diz: "Eu estava na minha casa de infância" ou então: "Eu estava na minha casa atual, mas as pessoas pertenciam ao meu passado". A casa é o cenário do discurso, cria a ambientação necessária ao desenvolvimento da cena. Voltando atrás com a memória, recolocando em seus lugares os objetos que no tempo nos acompanharam, conseguimos juntar eventos, viver emoções perdidas, recordar fragmentos de história. As casas e os objetos nelas dispostos representam uma parte significativa da memória pessoal.

Da casa da família fui para Pisa, em três endereços diferentes, como todos os estudantes fazem em sua vida longe da família. Depois, um ano em Urbino, em uma pequena casa de campo, em Portici, onde começou a convivência com Gabriella, depois acima, em Pedamentina em San Martino, com uma vista de Nápoles inteira, em Milão em dois endereços diferentes, em Londres, também lá em duas casas diferentes, e novamente duas breves passagens em Nápoles. Cada casa tem uma história significativa, mais do que isso, muitas histórias importantes condensadas. Para qualquer uma delas, vêm à mente fragmentos de memória, momentos de vida cotidiana ou eventos extraordinários. Mas cada casa tem ainda mais capacidade evocativa se se aponta a memória em direção às muitas perspectivas que cada uma delas pode oferecer, desde uma parede até o último dos cantos. Cada visual remete a recordações e emoções, cenas ligadas a pessoas, experiências, estados de espírito. E, em cada representação, aparecem objetos ainda vivos ou até objetos espalhados pelo tempo. São eles que, alojados nos muitos ambientes em que vivemos, nos dão o testemunho de uma continuidade ou de uma descontinuidade entre os muitos momentos da nossa vida.

Ao folhear o álbum de fotografias de nossas casas, somos obrigados a ver os muitos objetos esquecidos, dos quais perdemos todas as pistas; mas também aqueles que fielmente nos acompanharam em todos os nossos deslocamentos. Ao olhá-los, a memória se põe em movimento, constrói percursos de vida e faz que seja invadida pelas atmosferas emocionais daqueles tempos.

Os estudos psicoantropológicos sobre habitações nos contam muito sobre a vida conjugal e familiar. A disposição dos quartos, o papel da cozinha, os espaços abertos e os fechados, tanto quanto as reestruturações dos ambientes relacionadas à mudança das necessidades.

A casa é o lugar privilegiado da memória histórica da família, é o arquivo de tudo o que foi trazido do exterior e que quer ser guardado. E não só: Tönnies (2011) havia intuído que as relações familiares deveriam ser sustentadas pela aparência da durabilidade, solidez perceptível mais do que tudo pela presença dos bens. Além disso, a comunidade familiar, que é uma comunidade de sangue, desenvolve-se em um lugar eletivo; por consequência, a parentela tem a sua casa como sua sede, como seu corpo, e a coabitação sob um mesmo teto representa a proteção dos bens e a fruição comum das coisas boas.

É o que buscam conquistar os imigrantes. Eles vivem em duas casas, uma situada no país de acolhimento, outra no de origem: nesta última, enfeitada ao máximo, passam as férias, e para ela pretendem transferir-se definitivamente, num dia que, mais tarde, muitas vezes, não chega. Esse fenômeno, no qual estão condensados muitos aspectos da existência, foi chamado "a casa da difração": o lugar do planejamento idealizado, que não corresponde ao da vida cotidiana, mas se opõe a ele.

A casa tem, portanto, uma função de continuidade histórica importante; e, no seu interior, através da reinterpretação dos espaços e da diversa colocação dos objetos, deixa entrever as transformações surgidas nas pessoas e entre as pessoas, o desenho das relações de poder nas suas arrumações atuais e nas suas evoluções.

Relações

Uma pesquisa recente (Calomino, 2011) procurou desenhar, através da história dos objetos, o perfil de quem os possui. Em um primeiro momento, foi solicitado aos membros de uma família – a cada um separadamente – que traçassem uma breve história dos objetos presentes na casa. Com base nessa descrição, foram formuladas as hipóteses sobre as características psicológicas de cada pessoa e sobre as dinâmicas relacionais dos componentes daquela família. O passo seguinte foi uma entrevista semiestruturada para cada pessoa. A conjunção de todos esses dados confirmou quase sempre a hipótese de partida: os objetos falavam pelas pessoas. Por exemplo, a disposição dos espaços em uma dessas casas e a recorrência com que os objetos pertencentes a um dos seus componentes apareciam deixavam transparecer uma atitude narcisista dessa pessoa e o conluio do resto da família para deixar intacta a estrutura das suas relações. Na entrevista, confirmou-se aquele traço de personalidade tomado como hipótese, além do circuito relacional que tinha sido conjecturado.

O esquema da casa muitas vezes é fixado já de saída, e as pessoas não podem influir nisso. Certamente, elas escolhem uma casa que poderá ir ao encontro das próprias necessidades, mas não é desenhada pelas próprias pessoas.

> Uma vez organizada, a família reveste os lugares segundo os modelos de seu *habitat* interior. Para Isidoro Berenstein, o interior da residência familiar é o testemunho da representação simbólica das ligações inconscientes entre os habitantes: os seus papéis e as suas funções. Eles são evocados com afeto ou hostilidade, e, se são muito contrariados, seus quartos se apresentam abarrotados de objetos. (Eiguer, 2007, p. 28)

Ainda segundo Eiguer, o *habitat* interno tem algumas funções muito bem identificáveis: primeiro a de limitação e de proteção, possibilitada justamente pela distinção fundamental entre um interno e um externo. Uma casa em que entraram ladrões torna-se uma casa "violada": os objetos nela dispostos foram vistos, manuseados, subtraídos por estranhos. Muitas pessoas penam para reencontrar a intimidade e o espírito de proteção, visto que uma pessoa entrou na casa violando a entrada. Portanto, a primeira função essencial é a de criar um interior em oposição a um exterior, um privado em contraposição a um público, um íntimo como antítese de um estranho. As paredes e as portas a defendem do exterior, persianas e cortinas, dos olhares indiscretos. Ao anoitecer, ouvimos os rumores do fechar das cortinas: a escuridão, frequentemente sinônimo de perigo, requer uma proteção maior.

As pessoas comuns devem se preocupar com a defesa da sua pessoa e da sua privacidade, enquanto as importantes veem abrir-se diante de si as portas que, uma vez transpostas, se fecham atrás delas. Os reis não tocam as portas, o mundo se abre a um aceno da sua vontade. Assim fazem também os aristocratas que desejam mostrar as suas origens. Alex trabalhava em uma loja de alta-costura em Londres. Um dia, vê atrás dos vidros da porta de entrada uma senhora alta e elegante, parada, imóvel na mesma posição. Alex mostrou a uma colega a senhora parada diante da entrada. Foi uma confusão no ateliê, todos se abalaram para abrir a porta. Foi-lhes dito que a duquesa, cujo nome evocava origens antigas e nobres, jamais abria as portas.

As questões de *status* se misturam com as ligadas à estética. Muitos palácios, depois de séculos, levam os nomes de quem os havia construído e possuído. Falam de passados fúlgidos e de riquezas dispersas.

> Uma honorável casa na cidade é uma grande honra porque é mais visível do que outras posses – nota, por exemplo, Michelangelo. Remonta ao Renascimento a paixão pela construção, pelo palácio atraente, exposto à vista de todos. Uma paixão que contagia príncipes, mas também plebeus, e afeta, portanto, seja a arquitetura pública, seja a privada. Um fenômeno que se estende de Florença a Roma e ali sofre influência das cortes papais, contagiando também as famílias da baixa nobreza. É a partir desse período que a família vem a se identificar com a "casa", com o edifício que a hospeda, que, como dizia Mauss, torna-se o seu corpo. (Ago, 2006, p. 20)

Se então penetramos no interior das casas, a configuração assumida pelo mobiliário fornece uma imagem fiel das estruturas familiares e sociais de uma época. "O interior de tipo burguês é patriarcal: é a combinação de sala de jantar e quarto de dormir. [...] Os móveis se enfrentam, perturbam-se uns aos outros, implicam-se em uma unidade de ordem muito mais moral que espacial" (Baudrillard, 1972, p. 19).

É frequente que o quarto de dormir dos pais, mesmo nas casas que não dispõem de um número suficiente de quartos para cada filho, permaneça inviolável. Os filhos podem dormir em um ambiente comum, na sala de jantar ou na sala de estar; os pais, não. Não é apenas uma questão de poder, no sentido de que os pais ratificam o seu domínio e autoridade sobre os conflitos dos filhos, mas a tutela do sigilo das suas ações. A cama na qual se deitam deve permanecer trancada e oculta aos olhos dos filhos, os quais podem imaginar, fantasiar, mas não podem ver. Aquele quarto fica fechado, porque um tabu assim o impõe.

Se dermos uma olhada na história da casa, nas mudanças da sua arrumação básica, conseguimos entender muitas coisas sobre a vida doméstica, sobre as transformações estruturais no seio da família, sobre a diversa concepção das relações. Tomemos, por exemplo, a invenção relativamente recente do corredor. Para ter acesso ao próprio quarto era necessário transitar pelo quarto dos outros. O corredor, contudo, chancela uma privacidade, consagra uma intimidade pessoal. As novas casas apresentam quartos fechados e sem interação com os demais: a entrada separada do corredor, a sala de estar fechada e talvez inutilizada senão para as ocasiões importantes, os quartos de dormir também fechados. Essa estrutura deu lugar a um formato, atualmente o mais comum, que separa a casa em zonas, em setores. Uma supostamente para o dia e outra para a noite. Esta última continua a ser organizada em espaços fechados, enquanto a zona diurna é aberta ao exterior, tanto que a porta de entrada se abre, frequentemente, direto para a sala de estar. Indicação ou sinal de uma sociabilidade a ser vivida ou exibida.

Nas casas compostas por um quarto ou quarto e sala, quer dizer, por um espaço restrito em que muitas das funções primárias devem ser claramente expostas, o espaço será demarcado por zonas específicas, na tentativa de separar o máximo possível as atividades e os diversos momentos da vida cotidiana.

Em Milão, numa casa de cômodos, minha moradia tinha um banheiro e dois cômodos de pequenas dimensões, porém bem separados um do outro. No primeiro, a mesa de jantar, a cozinha em um canto e o armário no outro. No segundo cômodo, embutida em uma grande estante, a cama que virava sofá, já que as bordas eram ocupadas por almofadas; diante dela, duas poltronas e uma grande escrivaninha. Havia uma espécie de separação virtual, mas que não era suficiente para criar uma experiência de mudança de ambiente. Da cama, via-se a escrivaninha, sobre a qual estavam dispostos papéis e livros. O despertar matinal era sempre imediatamente marcado pela visão do trabalho que me esperava; à noite, o "durma bem" era dado pelo livro aberto, cuja leitura faltava terminar. Num caso como esse, a organização virtual dos espaços não alcança o objetivo desejado. Essa é a indicação de que o modo como uma casa é organizada não é absolutamente indiferente em relação à experiência emotiva de quem a habita.

A casa moderna tem a pretensão de ser racional, assim como os objetos que estão em seu interior. Os móveis, sua disposição, sua função, foram despojados de muitos rituais. E isso acontece em uma conjunção simultânea: prefere-se destinar o espaço da sala de jantar, com sua mesa retangular que atesta a existência de lugares privilegiados, para outras funções. Ao mesmo tempo, a função ritual do almoço diário fica completamente redimensionada.

> A organização, mesmo na empresa técnica, se pretende objetiva, permanece sempre simultaneamente um poderoso registro de projeção e de investimento. A melhor prova disso é a obsessão que frequentemente está por trás do projeto organizacional e, no nosso caso, por trás do desejo de estruturação: ocorre que tudo deve ser intercomunicante, funcional – não mais segredos, mistérios: tudo se organiza, portanto tudo está claro. Não existe mais a obsessão organizativa tradicional: cada coisa limpa e no seu lugar. Aquilo de então era uma obsessão moral: hoje, é funcional. (Baudrillard, 1972, p. 36)

Relações

E agora, onde encontramos os espelhos? Banidos nos conventos de clausura, segundo um ordenamento moral; cobertos por véus, de modo a não terem serventia, os da condessa de Castiglione, intolerante para com a sua imagem insultada pelo tempo, em sua última residência, na *place* Vendôme; ausentes, nas casas camponesas.

Cintilantes em forma de espelhos e de vitrines, nas casas aristocráticas e nas burguesas. O espelho descreve uma ordem social. O seu brilho é a representação triunfante da consciência burguesa que exibe a si mesma. De fato, limita o espaço, remete ao centro, circunscreve o quarto, unindo cada movimento presente nele, aglutina toda presença em um núcleo central. Na ordem moderna, nada disso existe. Removeram-se tanto as fontes luminosas centrais quanto os espelhos que as refletem. Foi eliminada uma convergência para o centro exasperante que nega a multiplicidade de fontes psicológicas disseminadas no mesmo ambiente. O espelho é privatizado, reflete a si mesmo, somente a si mesmo. Ora em forma extensiva, parede inteira, visto apenas no banheiro. Nos banheiros dos hotéis mais modernos e luxuosos, ocupa toda a parede, ergue-se desde o piso do banheiro. É ali, na privacidade distante dos olhos alheios, que é possível preparar a própria pessoa para uma adequada apresentação em público. É ali, com um uso cada vez mais inspirado da cosmética, tantas vezes precedido de intervenções radicais que desejam vencer o tempo, que nos aprontamos para reparar a própria imagem.

> Depois de tanta metafísica, seria necessária uma psicossociologia do espelho. [...] Pode-se dizer, em geral, que o espelho, objeto de ordem simbólica, não apenas reflete as características somáticas do indivíduo, mas, em sua evolução, acompanha o desenvolvimento histórico da consciência individual. (Baudrillard, 1972, p. 27)

De fato, o espelho não é apenas instrumento e alegoria de uma consciência fiel e objetiva do mundo, mas também a expressão de uma profundidade trabalhada. *"Reflectere"* significa especular, pensar-se a si mesmo, atestar o próprio pensamento (Anselmi, 2008).

A casa tem função de identificação, por meio dela a família reconhece seu pertencimento exatamente àquele lugar que lhe é comum.

Os objetos e a vida

Cada membro marca o seu território, ou por meio de objetos particulares, ou então enfatizando as fronteiras já estruturalmente presentes na residência, como as portas. Portas fechadas para se proteger do exterior, para reafirmar a própria autonomia; portas abertas para manter contato e continuar a sentir as vozes e os rumores da casa; e ainda portas fechadas para marcar a própria diferença ou distância, portas abertas para uma indefinição estrutural dos próprios espaços interiores; ou fechadas à chave, quando a ameaça de intromissão torna-se excessiva.

No seu conjunto, o espaço doméstico moderno se apresenta desestruturado. Isso permite uma relação mais imediata entre o indivíduo e os objetos. Sua função não mais está nublada pela teatralidade moral dos velhos móveis que deixavam transparecer uma tensão moral, uma ideologia que tornava o ambiente o reflexo de uma estrutura de relações hierárquicas e imutáveis (Baudrillard, 1972).

Já em seu projeto, a própria estrutura da casa moderna tende a abrandar as relações de poder presentes, tanto que elas podem ser redesenhadas na dinâmica do cotidiano das relações; tornam-se, assim, mais expressões das contingências do que de um sedimentado estatuto de relações imutáveis.

Os objetos, nesse arranjo mais móvel – já que mais maleável – dos espaços, desempenham um papel significativo. A transformação do panorama doméstico nos últimos sessenta anos está bem representada pelo objeto que virtualmente virou o coração da casa, como outrora fora o fogão ou a lareira. Trata-se da televisão.

Quando ela surgiu, as pessoas se deslocavam para o bar ou outros lugares de sociabilidade. Para poder assisti-la, saíam de casa, assim como atualmente se faz para ir ao cinema. Em alguns dias da semana, era uma correria para ganhar os melhores lugares; a cada transmissão, seguiam-se comentários, discussões. Depois, começou a entrar nas casas e foi colocada no centro do lar: as cadeiras ficavam dispostas de frente para ela para que todos pudessem olhá-la, além de admirá-la. Objeto investido de fortes valências simbólicas, revelava a riqueza e o poder de quem tivesse possuído os primeiros exemplares; objeto para ser exibido a cada evolução, a exemplo da televisão em cores. Todavia, sempre objeto de relações e de participação, de troca de opiniões, de cumplicidade ou de conflito.

Muita coisa mudou. Hoje, cada família possui bem mais de uma televisão; elas estão disseminadas por toda a casa. Cada um tem a sua, assiste ao que prefere, satisfaz sempre o próprio desejo. A televisão de todos está na cozinha e fica sempre ligada. Voz de fundo que domina sobre a dos ouvintes, preenche os vazios da solidão doméstica, interfere na comunicação entre as pessoas. Almoça-se e janta-se junto e, ao mesmo tempo, assiste-se à televisão. Comunicações ficam sobrepostas, umas misturadas às outras. A narração sobre o dia é interrompida pelo comentário sobre um espetáculo, para então se retomar a narrativa, até a interrupção seguinte, por causa de um *quiz* ou de um gol numa partida de futebol. Comunicações fragmentárias, em que o objeto televisão domina a ponto de demarcar o tempo da narrativa de cada pessoa.

Em cada lugar da casa moderna encontramos televisores. Objetos espalhados por toda parte, excessos que confirmam e amplificam uma cultura que surge hedonista em nosso tempo. Porque é prioritário estar atento aos próprios desejos e não deixar de persegui-los. De modo emblemático, os televisores enfatizam exatamente isso: assisto àquilo que me agrada e não tenho de entrar em acordo com ninguém.

De objeto de socialização tornou-se instrumento de solidão; cada um trancado em seu próprio quarto, legitimado a agir assim, tem a ilusão de ser verdadeiramente livre, de satisfazer realmente seu desejo.

Nesse espaço doméstico, mais desestruturado e de poderes mais difusos e menos centralizados, redesenhado também em virtude da diferente disposição de seus objetos, existe um objeto que, entre eles, descreve relações, estrutura relatos, determina poderes e conflitos. Depositário de parte da cultura familiar, dos papéis e das ligações entre os seus membros, é a geladeira. Objeto de uso cotidiano, mas denso de significados simbólicos, crucial na vida familiar. Guarda o que qualquer um nela colocou, para si mesmo e para todos, para que seja consumido segundo as regras. Alimentos crus e cozidos, ingredientes para combinar e para cozinhar e alimentos prontos para o consumo. Em geral, quem ali os colocou é também quem garante a sua distribuição; mas também é possível que todos possam ter acesso a eles, sem distinção. É tantas vezes visitada em segredo, sem que ninguém veja e ninguém saiba; pode ser objeto de saque, bem como fonte de tensões entre os contendores. Pode guardar tesouros que não devem ser tocados, que devem ser saboreados, alimentos que devem ser usados com parcimônia.

Cenários possíveis. A mãe enche a geladeira. Os filhos a abrem, pegando o que tinha sido ali guardado. Têm consciência do que foi adquirido para ser consumido mesmo sem autorização. A mãe conhece os gostos dos seus familiares e procura satisfazer cada um. Frequentemente, dirige uma atenção particular para com um dos familiares, cujas vontades são satisfeitas mais do que a dos outros.

Aqui entra em jogo uma função materna em particular: a de se colocar como aquela que satisfaz as necessidades alheias. Função atribuída ao seu papel, além de exigida pelos membros da família, realiza-se num delicado equilíbrio entre a definição de necessidades e sua satisfação; muitas vezes, explica-se por meio do prudente reconhecimento de mudanças; outras, fica ancorada na rígida manutenção de uma relação que não deve mudar.

> Assim, perseverando na satisfação do filho, a mãe o mantém o mesmo com suas pulsões e faz que ele não possa trazê-las à consciência e que não possa jamais experimentar a capacidade de administrar aquela tensão que o afastamento da pulsão, necessário à sua tomada de consciência, traz consigo. [...] A mãe domina o grupo familiar e satura suas valências afetivas; justamente no exercício das funções maternas, ela provê constantemente a necessidade do outro, o socorre na sua incapacidade, o consola na sua infelicidade e o satisfaz na proporção de sua necessidade e exigência. (Montefoschi, 1977, p. 122, 142)

É ela quem orienta as necessidades familiares, criando um estado de necessidade não apenas na satisfação, mas também na própria definição. Assim, a geladeira é abastecida conforme o que se presume que os outros tenham necessidade de consumir. Pode acontecer de alguém pegar inadvertida ou deliberadamente aquilo que a mãe estava guardando para o jantar ou para os dias seguintes. Seus planos ficariam arruinados e deveriam mudar. A mãe pode não ficar contente com isso. Em outra ocasião, alguém que não quer comer com os outros não se senta mais à mesa, diz estar de dieta; mas, depois, abre a geladeira e esvazia parte dela. E é ela, a geladeira, a testemunha de todas essas complexas e difíceis dinâmicas, a guardiã de parte dessas secretas memórias familiares.

> Olhos verdes, discretos e calorosos. É certamente uma presença, ainda que, apoiada em uma parede, não tenha o mesmo efeito de uma tapeçaria; com aqueles olhinhos verdes, espiões luminosos, colocados sobre sua fronte, bem no alto, até de noite está alerta e talvez controle.
>
> Entre os eletrodomésticos da cozinha, é o mais pesado e, para mim, pensando nisso, o mais conflituoso, uma vez que, particularmente, não amo fazer as compras para a família, e colocar parte delas na geladeira me dá certa irritação: é necessário encontrar espaços e locais adequados, além de instáveis e transitórios.
>
> Cuido dela com regularidade, ou nos cuidamos reciprocamente, quando a empanturro; o quebra-cabeças para poder repor verduras e frutas é um pouco confuso; carnes, embutidos, vasilhas e tigelas com comida feita: é uma operação que procuro executar rapidamente, com resultados nem sempre satisfatórios, e algumas vezes termino fechando a porta, irritada.
>
> E ela, a geladeira, com seu zzzzz nem sempre perceptível, se vinga, não conservando com o devido cuidado, e se formam gotas de gelo, e eu censuro alguém da família por não tê-la fechado direito.
>
> Além disso, sua arrumação interna segue o ritmo de nossa vida: quando as filhas eram pequenas, não tinham livre acesso a ela, agora ela é acessível a todos, e cada um tem uma ordem própria que, a mim, por vezes parece bem bagunçada; como ela pode suportar o salame ao lado da geleia, maçãs na prateleira de cima, restos de comida e de cebola sem estarem envoltos em plástico filme?

Os objetos e a vida

Discreta, acompanhou a história da família; por anos, fui sua guardiã vestal; agora, os movimentos e deslocamentos têm uma gestão mais democrática e compartilhada.

Sua porta não tem chave, chegamos aos seus "tesouros" livremente e, algumas vezes, gulosamente, despertando, assim, raivas, quando um espaço que imaginávamos ocupado resta vazio, com vestígios evidentes de guloseimas desaparecidas.

Eu a interrogo e, abrindo-a, detenho-me pesarosa, buscando inspiração para um almoço ou um jantar; observo o que me oferece e, para a minha imaginação, não dispenso sua contribuição.

De noite, no escuro, no verão, gosto de abrir sua porta abaulada, a brisa fresca me acaricia o rosto, tenho sede, procuro por algo que me mate a sede, está lá a garrafa, mas quase vazia, e a geladeira, muda, a guardou; nesse momento, encalorada, até eu, com prazer, procuraria por um lugar dentro dela. (Magni, 2006)

Geladeira, signo profundo do tempo e das culturas. O velho congelador apertado onde se adensavam os cubinhos de gelo dentro de uma forminha de alumínio. Os espaços internos eram restritos, e somente o essencial era guardado ali. A despensa não havia ainda perdido a sua função. E, hoje, grandes móveis, altos e coloridos, não mais austeramente brancos. Duas ou três repartições, para as diversas gradações de frio.

Nas casas dos norte-americanos, a geladeira é enorme e abarrotada de tudo o que há de bom, como a simbolizar sua superioridade, sua potência!

Houve um período de minha vida em que tive vizinhos *"made in USA"*, a família Landry. Ficamos amigos e os visitava com frequência; sua geladeira era praticamente um palácio de dois andares: você abria o portão e ficava coberto por uma avalanche de enormes perus recheados de outros perus recheados (praticamente *matrioshkas*), bistecas de um quilo, hambúrguer, *cheesecake*, sorvete, Coca-Cola, brioche, pão doce, sucos de todo tipo de fruta, cervejas, xaropes, pudins, picolés, bolos gelados, semifrios... chega... chega!

Relações

Saía em disparada para a minha casa, devorado pela inveja, e, com tristeza no coração, eu me aproximava da minha geladeira Indesit, talvez fosse melhor chamá-la Indesid por ser tão indesejada* por mim e pelos meus irmãos. Nós a odiávamos!

Era o espelho da miséria: baixinha (mais ou menos na altura do queixo) e barulhenta, muito barulhenta. Lembro-me de alguns jantares em que toda a família estava reunida em torno da mesa, e talvez, como muitas vezes acontece nas famílias, houvesse um problema ou uma questão a resolver. Ninguém falava, todos com o olhar no fundo do próprio prato... mas que prato que nada! Todos com os olhos voltados para a geladeira, era aquele maldito zumbido que tornava ainda mais cortante aquela já altíssima tensão. Um barulho que entrava no seu cérebro, parecia que estávamos no *ferryboat* para Elba! (Paolo Migone, humorista de *Zelig***)

Um movimento cíclico torna a encher a geladeira até saturar cada canto, uma embalagem sobre a outra, a verdura espremida nas gavetas. Lentamente se esvazia, e então tomam lugar as tigelas com os restos, terrinas, vasilhas de plástico e de vidro que conservam restos dos dias anteriores. Uma tigela de claras de ovos, sinal de um doce que foi feito e também consumido, as quais, depois de poucos dias estacionadas no frio, enrugam-se e são jogadas fora. Volumes se multiplicam com os pacotes de cada alimento.

Abram sua geladeira e olhem o que tem dentro. Quanto papel, caixas de papelão, plástico filme e vasilhas plásticas para alimentos. Quantos alimentos vencidos ou próximos da condenação ao lixo. Existem tocos de frios rançosos ou proliferação descontrolada de mofos entre as peças de queijo que não mais pensávamos ter em casa. Quem sabe o que contém, nos seus estratos mais profundos, o *freezer* zumbidor e enorme albergado no porão: carnes e verduras incrustadas no gelo seriam espécies pré-históricas que teriam chegado até nós vindas da era do gelo. Quase temos vertigens se pensamos em quanto lixo *per capita* produzimos. (Petrini, 2008, p. 31)

---

* "Indesiderata", em italiano. (N. E.)

** Programa humorístico da televisão italiana. (N. T.)

Quem está mais influenciado pela cultura moderna, que não tem em boa conta o ato de cozinhar todos os dias, tem a seção de comida congelada transbordando de recipientes prontos a serem colocados no micro-ondas e consumidos depois de poucos minutos. Quem é mais ligado à tradição tem uma geladeira em que predominam outros alimentos e outros arranjos. Se fosse permitido entrar em uma casa e abrir a geladeira, seria possível entender muitas coisas de quem mora ali. E se essa exploração da geladeira pudesse ser repetida no tempo, seria possível entender a situação pela qual está passando aquele grupo familiar.

Mas a geladeira é um objeto privado, de acesso restrito, destinado estritamente aos membros da família. Angela era jovem quando chegou à Itália, vinda da Austrália; tinha pouco mais de vinte anos. Conheceu Franco, e era hóspede na casa da mãe dele quando adoeceu e foi obrigada a ficar de cama por alguns dias. Queria comer alguma coisa, mas principalmente tomar leite. Foi à geladeira para pegar o que queria: o queijo, o leite e outra coisa. A futura sogra confessaria, pouco tempo depois, ter achado muito simpática aquela jovem vinda da Austrália, mas o fato de abrir a geladeira sem pedir... Um objeto privado que irrompia violado em sua intimidade. Existem culturas que conferem à custódia do alimento, mas também ao ato de consumi-lo, certa discrição, para não dizer certo sigilo. "Não se olha no prato dos outros", mas o que dizer das pessoas, em Nova York ou em Bangcoc, ou em tantas partes do mundo, que vão fazendo sua refeição pela rua, em recipientes pessoais, sob os olhares de todos?

2. Entre as pessoas

Muitos objetos vivem em estreita relação com as pessoas, tanto que costumamos defini-los como "objetos pessoais". Existem, assim, espaços indefinidos que são personalizados e atribuídos a um único indivíduo, a exemplo da história da casa. Enfim, existem alguns objetos que vivem em virtude do fato de estarem inseridos em uma relação entre duas ou mais pessoas. Poderíamos defini-los como "objetos-relação".

Pensamos primeiramente naqueles objetos próprios da experiência, cuja troca responde a uma forte necessidade de manter uma relação com o outro.

Sobre uma história de paixões. Luther Blissett (1988), dessa vez mais afastado de suas batalhas contra os poderes midiáticos, declara estar lidando com apaixonantes ansiedades por causa de uma relação amorosa. Conta de um presente recebido de Aalina, sua amiga russa, por quem está muito apaixonado. Conheceram-se em uma convenção internacional, porque ambos estão engajados em uma associação que se ocupa da luta contra a internação de doentes psiquiátricos e pela sua reabilitação. Viviam distantes, em continentes diferentes. Conversaram sobre literatura, pela qual ambos eram muito apaixonados. Assim que voltou daquele encontro, ele pediu na Amazon um livro sobre os judeus americanos, colocando o endereço dela para a entrega. Àquele encontro seguiu-se uma intensa troca de cartas, as quais Blissett guardou com todo cuidado. Por vezes, ele lia algum trecho, mas o que buscava em especial era o contato com aquelas folhas escritas. Guardou a conta do restaurante no qual ele a convidou para jantar – na história, recupera os vários momentos do jantar, combinando-os aos muitos pratos de toda espécie de peixe que um garçom de barba bem tratada e parecido com um filósofo da Grécia antiga lhes trazia – e adquiriu imediatamente o livro que ela lhe havia aconselhado, livro de sucesso nos Estados Unidos, mas também conhecido entre os intelectuais russos. Ele ainda não o tinha lido. Tudo o que sabia sobre ela tinha se transformado em algo precioso: descobriu que não punha açúcar no café. Decidiram encontrar-se novamente, desta vez no meio do caminho, e se hospedaram em uma pousada, o Hotel Dalí, uma vez que ambos eram apaixonados por aquele artista.

Foi naquela oportunidade que Aalina lhe presenteou com um peso de papéis de vidro, bonito e valioso. Faria companhia a ele nas longas jornadas de trabalho. Às vezes, enquanto estava à mesa, diante dos seus livros, ele o tomava nas mãos e o largava apenas quando já tinha transferido para o objeto todo o calor possível. Também havia recebido de presente um caderno de notas azul, um azul intenso, no qual, vez ou outra, escrevia um pensamento.

As cartas lotaram mais de uma caixa e ficaram guardadas nas prateleiras da biblioteca. Não é o que está escrito, não são as palavras que se quer guardar: uma vez lidas, apenas se espera que mais delas cheguem de novo. As folhas que as contêm e as encerram são, contudo, escondidas com ciúmes. Palavras chamam outras palavras, consomem-se rapidamente, têm o tempo de uma emoção-relâmpago; adquirem sentido duradouro quando se fazem matéria, quando se consubstanciam em um objeto.

Outros objetos lhe chegaram: cartões recolhidos durante algumas mostras, uma pequena lanterna, um gnomo em terracota, um castiçal incrustado de pedras coloridas, dois minúsculos livrinhos de viagem que ele levaria consigo em uma longa viagem de avião e outros objetos. Uma pequena coleção de amor. Esses objetos todos falam do seu amor e colocam Luther em um estado de suspensão, uma vez que são objetos que fazem lembrar, que unem como um toque mágico.

> Precisamente porque ninguém se dá conta de estar vivendo o instante mais feliz, no momento em que o vive. E depois se dá conta de que se trata de um passado que não voltará mais. Tudo isso provoca uma grande dor. A coisa que torna isso suportável é a posse de um objeto, que recorda aquele instante precioso. Os objetos conservam as cores e os cheiros daqueles momentos com mais fidelidade do que as pessoas que procuraram aquela felicidade. (Pamuk, 2012, p. 49)

No banheiro, sobre a prateleira do espelho, entre as escovas de dente, o barbeador e a espuma de barba, Kemal (Pamuk, 2009) vê o batom de Füsun; ele o pega e o coloca no bolso. Enquanto procura outro objeto para se consolar por sua ausência, pensa como cada coisa no mundo se torna um todo único. Não apenas os objetos – do prendedor de cabelo de Füsun que havia encontrado e colocado no bolso à fechadura e às escovas –, mas também as pessoas. Quando o amor dá acesso a esse conhecimento, ali se conquista o sentido da vida.

> O objeto subtraído à pessoa secretamente amada, abrigada entre os dedos, que nos permite, por uma espécie de mágica, trazê-la para junto de nós. Ou ainda: a coisa cara a alguém, preferida entre as outras, que continua a nos falar desse alguém mesmo quando a casa está então vazia... Em casos como esses, o objeto, na lógica da *pars pro toto*, não se atreve a eliminar qualquer distância, antes, na sua ação de desafastamento, a descobre insuperável, como parte essencial da relação: confere uma proximidade por distância, a única verdadeiramente possível. (Vitale, 1998, p. 87-8)

Temos também situações opostas em que objetos, aparentemente neutros criam distâncias e conflitos. Enquanto a relação do casal exprime certa vizinhança, o uso impróprio de um objeto é tolerado; quando a ligação está comprometida, cria a ocasião para alimentar o conflito.

Um dos parceiros aperta o tubo de pasta milímetro a milímetro, espreme até a pontinha, é metódico, organizado. O outro aperta onde calhar. Isso nos revela as duas personalidades e o que as diferencia profundamente. Na superfície, veremos somente o pequeno gesto que, em longo prazo, alimenta o conflito.

O modo como os objetos são usados nos deixa bem próximos da personalidade do indivíduo. Um sujeito obsessivo poderia alguma vez ter uma gaveta desorganizada ou uma escrivaninha fora de ordem? Para cada tipo de caráter poderíamos traçar cenários externos e suas correspondentes e fiéis disposições internas. Sob uma perspectiva relacional, os objetos podem ser definidos como objeto-ligação, linha de conjunção e de distanciamento entre duas pessoas. Muitas das interações conflituosas entre cônjuges são articuladas a partir de um uso diferente dos objetos comuns.

> Eu não jogo nada fora, é mais forte do que eu. Inclusive os objetos mais inúteis ou pulôveres velhos esburacados. Mas ela quer jogar tudo fora. Acha que eu não percebo, mas sei quando, escondida de mim, pega os meus pulôveres e os joga fora.

– Eu não sou um maníaco da ordem, mas queria tanto que as coisas ficassem em seus lugares. Ela lê os jornais e os abandona espalhados pela casa. Os recibos velhos que não servem para nada, em vez de jogá-los fora, deixa-os na cozinha, e as contas... Algumas estão há meses perto do porta guarda-chuva.

Virou proprietária exclusiva do controle remoto. Ela o arrasta consigo até ao banheiro! E, se não o está usando, não o deixa perto da televisão: preciso ficar procurando como um louco pela casa toda.

– Há anos lhe peço para não deixar suas meias espalhadas pela casa. Agora não falo mais. Simplesmente enfio sua meia suja em sua tigela de cereais matinais.

E assim foram até às ações mais radicais. As coisas se complicaram com a separação. Vemos então aparecerem reações específicas e muito diferentes. [...] Mas eis que Gwendoline, em sessão, se lamenta: constata que, a cada dois ou três dias, alguns objetos da casa desaparecem, objetos da cozinha, quadros, plantas. Pensa que é Maurice que os pega, aproveitando-se de sua ausência durante o dia. Está decepcionada pelo fato de que ele não lhe diz nada. Maurice, sem jeito, se defende, falando do esforço de abandonar os objetos que o acompanharam por todos os anos de sua vida em comum.

A essa altura, digo que "seria diferente se Maurice tivesse levado embora uma calcinha ou um sutiã de Gwendoline". Depois de um breve silêncio, rimos juntos com cumplicidade. (Eiguer, 2007, p. 130)

Apesar da separação dos cônjuges, transparece uma vida afetiva nos movimentos possuído-roubado, escondido-mostrado. A continuação da sessão, diz Eiguer, permitiu aos parceiros reconhecer o forte apego recíproco, através da casa e dos seus objetos. Maurice leva consigo as coisas que representaram uma parte de sua vida, subtraindo-as à mulher, mas eram também parte de sua vida de casado, da vida passada junto a ela.

Efetivamente, os acontecimentos ligados à separação, mais do que outros, trazem à luz o quanto da relação entre as pessoas transita pelos objetos. O casal constrói pedaços significativos de sua vida pela aquisição compartilhada de objetos: a começar pela casa, que é o lugar eletivo da vida conjugal, no qual tudo o que se adquiriu em

Relações

conjunto ganhará uma disposição. Uma casa em harmonia com os desejos do casal, marcada, de saída, pelas valências culturais de cada um que, se bem integradas, ditam as bases da convivência.

Em cada contexto relacional, cada objeto assume valências comunicativas, às vezes se substitui à própria palavra, à palavra que não consegue ser dita. Às vezes, porém, não é assim, porque um membro do casal tende a organizar os espaços, atulhando-os de móveis e de objetos. Legados familiares ou aquisições constantes despojam parcialmente o outro membro do casal do uso da casa mais adequado aos próprios desejos.

Algumas pessoas conseguem se comunicar preferencialmente por objetos importantes, uma vez que as palavras poderiam tornar-se excessivamente duras no momento em que são pronunciadas: poderiam expor ao risco de veicular excessiva agressividade, a qual, provavelmente, não seria tolerável.

Em uma casa habitada por três estudantes, a limpeza é administrada de forma coletiva. Cinzia talvez não tenha sido pontual em seu próprio turno, e isso ativou a atitude reprovadora de Siri. De modo que, na manhã seguinte, encostada numa parede da sala de estar, apareceu uma vassoura: um sinal inequívoco, a mensagem crua de uma censura evidente.

Assim se utilizam os objetos, objetos falantes, objetos-sinal, os quais podem ter um alcance comunicativo até mais pleno de significados do que as palavras. Além disso, um objeto deixado ali tem a intenção de esconder parcialmente o autor da mensagem. A informação torna-se impessoal, não ligada à vontade de ninguém, mas às necessidades coletivas, às obrigações comuns a serem respeitadas. Não sou eu que peço isso, mas é a casa que o impõe, é a evidência de uma sujeira a ser limpa que requer tais operações. Assim, a resposta é dada à mensagem impessoal, e não a quem colocou o objeto falante, à necessidade objetiva de limpar, à justa distribuição das tarefas que regulam a convivência, e não a quem quis fazer a censura.

Encontramos também situações onde o desequilíbrio nos relacionamentos entre as pessoas é mais marcado, a ponto de esboçar verdadeiras relações de poder. Poder ao qual se opõe, o qual se procura limitar e dominar, mas que está sempre presente nas trocas entre dois sujeitos. A seguir, uma breve história de características bem peculiares.

Seu pai havia trabalhado como empregado de alto nível, agora estava aposentado. Pessoa extremamente inventiva, capaz de fazer trabalhos manuais com grande destreza. Confeccionava as próprias roupas, construía os móveis da casa com suas mãos. Sempre cultuou a cozinha, tanto que, em casa, praticamente só ele cozinhava. Nos últimos anos, essa paixão cresceu a tal ponto que ocupou todo o seu tempo. É ele quem se encarrega de fazer as compras, geralmente no supermercado e em quantidades extremamente grandes: compra uma caixa inteira de cada item. Junto com a idolatria da comida, também ganhou peso, além do razoável. Suas roupas foram ficando cada vez mais apertadas, e ele começou a não mais encontrar o seu número nas lojas. Por esse motivo, foi obrigado a fazer suas próprias roupas. Sua compleição tornou-se ainda mais incômoda até criar-lhe sérias dificuldades para entrar no elevador e, quando se sentava, tinha de juntar duas cadeiras, uma ao lado da outra. Tendo o seu peso atingido um limite por ele mesmo considerado excessivo, decidiu internar-se em um hospital. Depois de uma dieta radical, que durou alguns meses, voltou a um peso aceitável. Mas, uma vez em casa, recomeçou a cozinhar, a comprar comida de todo tipo, a congelar alimentos frescos e cozidos, seguindo um roteiro já conhecido por seus parentes. O espaço começa a faltar, porque os armários, a despensa, a geladeira, o *freezer* estão todos cheios de alimentos. Esses objetos que invadem todos os espaços, além de serem uma representação metafórica de sua pessoa, parecem, para todos os efeitos, uma extensão dele: entulhado como ele próprio. A cozinha, embora espaçosa o bastante para abrigar alguns eletrodomésticos, está saturada de coisas.

O filho trabalha por longos períodos fora de casa. Certa vez, ao voltar de um dia de trabalho, entra em seu quarto e encontra, encostados em uma das paredes, uma geladeira e um *freezer*. O armário havia sido removido para o fundo do quarto, a mesa, encostada na outra parede. Subitamente, seu quarto tinha sofrido uma transformação radical. Às suas reclamações o pai responde como se essa iniciativa fosse totalmente admissível, uma vez que faltava espaço para novos eletrodomésticos na cozinha. No fim da discussão, o filho ameaça ir embora de casa para nunca mais voltar. Foi assim que o pai voltou atrás, devolvendo os espaços que havia invadido.

Esse caso representa a qualidade das relações presentes nesse núcleo familiar, além das valências de poder que estão em jogo. Relatei a história de maneira resumida, mesmo considerando que dois simples objetos teriam dito o mesmo que muitas páginas escritas: um filho encontra no seu quarto uma geladeira e um *freezer*, colocados ali pelo pai obcecado por comida, porque ele já havia enchido a cozinha de eletrodomésticos. O resto da história, podemos imaginar; aqui temos o essencial, com um efeito descritivo análogo.

3. Objetos externos, objetos internos

Tendo levado em consideração a posição dos objetos em meio às pessoas, como palavra e como potencial para constituir relações, pode agora ser interessante estender essas características, inerentes a relações específicas, ao mundo interno das pessoas. Veremos como simples objetos externos adquirem valências suficientes para estruturar um mundo relacional interno.

A vida psicológica de cada indivíduo é povoada por figuras primárias, ligadas ao seu desenvolvimento psicológico. São pessoas que, internalizadas, desenvolvem uma função importante na estruturação psíquica. Essas entidades psicológicas foram definidas como objetos internos: têm a característica da pessoa real, mas são moldadas seguindo os desejos e as necessidades pessoais. Os próximos três exemplos poderão esclarecer melhor essa complexa dinâmica.

Quando falava dos filhos, sua mãe não fazia distinção entre eles: cada um era simplesmente um filho, membro indistinto do grupo dos filhos. Se algum cometia um equívoco, todos eram igualmente responsáveis.

Fiquemos no presente, depois voltaremos novamente ao passado. Francesco tem um novo escritório que divide com um colega. Um ambiente muito confortável, com uma bela vista para o mar. Alguns meses atrás, o irmão, que havia se separado da mulher e perdido o escritório contíguo à própria casa, lhe pedira para usar de favor seu escritório por alguns dias. Os dois irmãos fazem o mesmo trabalho. Os poucos dias viraram alguns meses até chegarem a dois anos. Com uma lenta metamorfose, o irmão mudou de postura: prudente e respeitoso no início, descarado depois dos primeiros meses. Naquele escritório tem o seu telefone, e ali recebe fax, correspondência e, naturalmente, seus clientes; seu cartão de visitas traz aquele endereço.

Havia dito "uso de favor o seu escritório por alguns dias"; um "favor" que significou o uso de qualquer coisa presente, do computador à escrivaninha, das impressoras às pequenas reservas de alimento e às bebidas. Quando o legítimo proprietário chega da rua e precisa da escrivaninha, estabelece-se uma situação embaraçosa, porque o irmão deve levantar-se, depois de ter recolhido todos os papéis, e, não sabendo onde se acomodar, porque não há nenhuma escrivaninha sobrando, fica na expectativa de que o lugar seja novamente liberado para ele.

A mesma coisa havia acontecido no escritório anterior, que era maior porque tinha mais de uma sala. Também naquela época o irmão precisava de um escritório porque estava atravessando outro momento difícil. Solicitou o apoio a fim de usar uma das salas por um breve período. Ficou ali por cerca de dois anos e meio, usando também a mobília, os equipamentos e tudo o que estava lá.

Na cultura familiar e na educação dos filhos, jamais havia sido definido o uso exclusivo de uma coisa, de um jogo, de uma roupa, muito menos a sua posse. Contudo, uma definição e uma estruturação interna se valem inegavelmente da posse dos objetos, a partir do cuidado e da prudente conservação dedicada a eles, a fim de que não se estraguem ou, quem sabe, não se extraviem. Os objetos estimulam uma diferenciação entre os indivíduos, ajudam a criar responsabilidade no seu uso: a partir deles se adquire uma responsabilidade pessoal mais forte. Na comunidade desses irmãos, pelo contrário, tudo estava à disposição de todos. Certamente, quem era mais ágil, maior ou mais prepotente fruía as coisas antes dos outros, que, por sua vez, ficavam sem. Não era concebível que qualquer um pudesse reclamar o direito de propriedade sobre um objeto. A propriedade era difusa e indistinta. É também verdade que nas comunidades dos irmãos, especialmente quando são grandes e os ônus econômicos se multiplicam, é usual que se instaure uma espécie de comunhão dos bens. Basta pensar na transferência das roupas e dos brinquedos de um para outro.

Enquanto isso acontecia na vida familiar, na qual, de certa maneira, existia uma ordem implícita estabelecida pelos pais, as coisas até podiam caminhar; mas, quando cada um dos irmãos organizou autonomamente a própria existência, o trabalho, a vida privada, essa mistura e a confusão de posses criaram muitos problemas. A ausência de definição dos espaços e das posses levou a uma espécie de parasitismo relacional.

Nessa história transparece ainda algo mais, porque houve uma correspondência direta entre a realidade externa e a organização interna, em que a primeira, tornada indistinta pela ausência de posses, tem amplos reflexos na realidade interna, que tende a apagar limites e prerrogativas pessoais.

Partamos do problema como se ele jamais tivesse permitido ao irmão invadir seus espaços, até tornar irreconhecível qualquer fronteira. Para responder a essa questão, devemos entrar no mérito das dificuldades de caráter psicológico declaradas por ele. Há crises de ansiedade que se manifestam principalmente, ou quase exclusivamente, em lugares onde não estão pessoas que lhe sejam familiares: especialmente rodovias, mas também em caminhos conhecidos, porém destituídos de coisas às quais se reportar. O externo pode tornar-se um "não lugar", estranho, vazio, hostil, portador de angústia. No curto caminho que o leva de casa ao escritório, para em um bar onde conhece as pessoas, uma etapa intermediária que lhe permite atingir o lugar seguro. Está trabalhando na reestruturação de um local que lhe parece hostil, no qual não está à vontade, ou melhor, como ele mesmo afirma, tem algo de não familiar. Que um lugar possua a característica da familiaridade é a condição para que ele se estabeleça e para que evite o surgimento de ataques de ansiedade.

Seu mundo é povoado por figuras "familiares". Pessoas que participam da sua vida e às quais ele se refere constantemente; pessoas que, por sua vez, reclamam sua disponibilidade, a qual, aliás, ele sempre concede. Por outro lado, tem sempre alguém disposto a acompanhá-lo.

Ao observar esse breve trecho de história pessoal, percebemos as dificuldades que temos ao separar aquilo que se move fora da pessoa daquilo que se move dentro da pessoa: na realidade da vida diária, na sua concretude, e no mundo psicológico, isto é, na dimensão interna. As presenças afáveis, tranquilizadoras, que concretamente se desdobram pelo espaço de um dia, são também entidades que povoam o interior e evitam o sentimento insuportável da solidão.

O compartilhamento das coisas, que nasce de um uso pouco definido delas, se, por um lado, causa uma série de problemas e de frustrações, por outro satisfaz a exigência de garantir sempre uma boa presença interna e externa. Formas que asseguram uma proximidade e uma familiaridade e, ao mesmo tempo, invadem os espaços, negando qualquer fronteira. O externo e o interno seguem juntos, no mesmo passo, de acordo com as mesmas características.

Esta outra história clínica pode fornecer outros elementos de reflexão. Tão logo sai da sessão, liga o celular e telefona para o namorado, para o pai ou para outras pessoas. Antes de vir à sessão, havia telefonado para o namorado e, pouco antes, tinha recebido uma ligação do pai que lhe perguntara: "Tudo bem?", "Sim, tudo certo", respondeu ela.

Quando começou sua análise, teve a impressão de que seu mundo interno era intensamente povoado por outras pessoas: pela mãe, com seus problemas depressivos, pelo pai, com seus altos e baixos de recém-casado, pelo irmão, que não conseguia completar seus estudos, pelo namorado, com quem estava vivenciando uma nova relação. Ela não existia, a sua individualidade se esforçava por vir à tona. Quando falava, tinha a impressão de que junto dela existia um coro de vozes que lhe propunham coisas, davam-lhe ordens, conselhos, criticavam-na, manifestavam constantemente uma presença, tudo isso em detrimento de sua plena individuação.

Com o tempo, nas suas relações, passou a ficar mais sozinha e muito mais ligada ao seu lado interior. Cada vez mais raramente, essas figuras operavam invasões de campo, mas agora estão no fundo, bem definidas como o seu outro. Seus cenários internos se modificaram, evoluíram. Num espaço de tempo relativamente curto, aconteceram várias coisas. Chega à sessão e pede permissão para deixar o celular carregando, pois havia se esquecido de fazê-lo na noite anterior. No dia seguinte, chega novamente à sessão e se dá conta de não ter o celular consigo, tinha ficado no carro, algo que nunca havia acontecido. No dia seguinte, ainda esquece o carregador de celular no laboratório dos pais; pede ao irmão que o traga, mas ele o esquece, de modo que ela fica com o celular praticamente descarregado. O namorado liga, mas no meio do telefonema a bateria faz o sinal de fim de carga. Havia falado com ele o essencial, mas não tinha se despedido de modo adequado. Em outros tempos, teria ligado para ele de um telefone fixo, ou então teria emprestado outro celular, de alguém da família. Agora pensa que isso basta, que ele entendeu e que não há necessidade de um contato posterior.

Aí conta o que aconteceu na noite anterior. Chega à frente de casa e estaciona o carro. Pega suas coisas e sobe as escadas. A certa altura, tem a sensação de ter esquecido o celular no carro. Desce de novo, abre o automóvel, revista as muitas coisas espalhadas nos assentos e se dá conta de tê-lo na mão. Esse celular esquecido e reencontrado não é apenas o sinal de um processo em curso, mas o instrumento necessário à realização do próprio processo. A experiência da sua falta lhe permitiu experimentar o sentido de uma separação, de um distanciamento.

No desenrolar de seu processo terapêutico, o celular ocupou um lugar significativo como objeto de conjunção entre o externo e o interno, entre os movimentos da realidade interior e os da realidade exterior. O rareamento de uma presença massiva e invasiva dos objetos internos, parental e familiar, determinou uma frequência menor de comunicação com cada um deles, numa alternância de lapsos e de omissões, marcas da complexidade de um processo difícil e às vezes doloroso. O rareamento no uso de um objeto rigorosamente relacional como o celular favoreceu contextualmente um reforço de sua autonomia individual e de uma individuação bem mais significativa.

O celular está, certamente, no centro de muitas histórias parecidas.

> Na Hollanderstrasse, sentou-se no chão e abriu a maleta. As coisas de Marie, jogadas de modo precipitado ali dentro, transbordaram por todos os lados. Enfiou a mão entre os tecidos macios. Arrancou uma coisa depois da outra, e cheirou. Camisas frescas, sedosas. O seu perfume. Ela.
>
> Pesou o celular de Marie. Nenhum objeto o ligava mais a ela, nem as suas chaves, nem as camisetas, as calcinhas, o batom, o passaporte. Aquele telefone tinha enviado as mensagens de texto dela para ele. Aquele aparelho sempre tinha estado com ela. E aquele aparelho conhecia os SMS que ele lhe havia enviado. (Glavinic, 2007, p. 356)

O celular quase assumiu a função de uma prótese necessária na vida diária. Tem uma conotação quase afetiva, uma vez que garante a presença do outro na própria vida. Quase todos os que, heroicamente, resistiram a ele, depois cederam. Libertar-se é muito difícil porque o celular se esgueirou nos hábitos diários com força e insistência.

Ao refletir sobre essa história, poderíamos considerar o celular nas suas relações com o mundo interno, simplesmente como o seu representante, como um objeto "signo" do que acontece internamente. Se assumíssemos esse ponto de vista, a concretude do objeto desapareceria no seu ser signo ou representação de qualquer outra coisa. Perderia a força de sua consistência, de sua materialidade. O celular é considerado o objeto entre os objetos, do mesmo modo que outros objetos presentes na mente dessa pessoa. O psíquico se desdobra nas suas várias formas, nos seus processos tumultuosos, empregando os objetos que melhor fundamentam a sua ação; os objetos, por outro lado, agem sobre o psíquico e no psíquico, partilhando da mesma natureza que ele.

Existe outro nível interativo entre a pessoa e o outro, mais bem definível como transferencial e que diz respeito às relações com as figuras de referência mais precoces. Aqui, épocas da vida interna se cruzam e se confundem: necessidades sempre ativas do passado retornam no presente, orientando-o. O presente, na sua repetição que se faz experiência, por sua vez plasma as necessidades do passado. É assim que conteúdos diversos, pertencentes a diferentes momentos da própria vida, respondem agora a um só tempo. Esse outro exemplo esclarecerá o acima exposto.

As roupas de Elena, sobre a cadeira, no quarto de dormir, amontoam-se, e a pilha fica cada vez mais alta. Elena é criticada por sua bagunça, deveria colocar no lugar aquelas roupas: assim quer seu companheiro. Mas ela protela, dizendo que tem pouco espaço no guarda-roupa. Não é apenas da arrumação da casa que ela não quer se ocupar; na maior parte, pesa-lhe mais fazer qualquer tipo de trabalho doméstico. Só consegue colaborar em caso de necessidade.

Na luminária de teto da sala de estar existem muitos mosquitos mortos, algo realmente feio de se ver. Ele toma a iniciativa e lhe pede para ajudá-lo. A luminária está fixada no teto bem acima da mesa, a qual, porém, está entulhada de livros, de papéis, de fotocópias, quase todas de Elena. A necessidade de abrir espaço faz com que ela consiga reunir todos aqueles papéis espalhados e dar-lhes uma ordem. A luminária agora pode ser limpa e liberta dos mosquitos que caíram dentro dela. Somente em caráter de urgência é que Elena consegue fazer essas coisas em casa e colaborar.

> Não queria fazer nada em casa, nem lavar, nem arrumar, nem cozinhar. Nada mesmo. Queria voltar do meu dia de trabalho, comer e descansar. Quando morava com a minha mãe e com meus avós, tive de fazer muitas coisas para eles. Ninguém me ajudou. Minha mãe, deficiente há muitos anos, não sai da cama. Eu sempre tive de fazer tudo. Tenho raiva por isso.

Aquela cadeira cheia de roupas espera por uma mãe que as ponha no lugar, uma mãe que jamais virá para fazê-lo. Assim, a demanda é deslocada para ele, o seu companheiro, substituto materno a quem ela pede para cozinhar, lavar os pratos, vir em seu socorro. Até que não tenha esgotado aquela raiva por ter tido sempre de fazer tudo em casa, aquelas roupas ficarão ali. Cada dia, toda vez que uma nova roupa é colocada sobre a outra, renova-se um pedido que, no entanto, jamais será atendido. Essa é a breve história de Elena, uma jovem mulher de quem tanto falam como sendo uma pessoa bagunceira.

4. No luto

Só conseguimos conhecer algumas pessoas após sua morte. Mesmo aquelas de quem presumimos ter um conhecimento profundo, muitas vezes deixam segredos escondidos entre os objetos que possui. Digamos "segredos", no sentido de objetos desconhecidos por nós, que contam episódios ou pedaços de vida, despertando surpresa e dificilmente se encaixando na trajetória de vida que conhecemos.

Paul Auster conta ter recebido a notícia da morte do pai num domingo de manhã, quando estava na cozinha, preparando o café da manhã para seu filho Daniel. Estava incomodado com o trecho que havia escrito na noite anterior, na expectativa de voltar ao trabalho no período da tarde. Toca o telefone e, uma vez que se trata de um horário incomum, fica alarmado. Ninguém liga às oito da manhã do domingo para dar uma notícia que pode esperar. São sempre as más notícias que não podem esperar. Com efeito, recebe a notícia da morte do pai.

> Pensei: meu pai não está mais vivo. Se não me apresso, toda a sua vida desaparecerá com ele. [...] Outro pensamento, retirado da morte de meu pai e da reação que me causava, me perturbava: a constatação de que ele não havia deixado marcas. (Auster, 1997, p. 4)

Relações

O pai nunca havia tido paixões, nem pelas pessoas, nem pelas ideias, nem mesmo pelas coisas; era incapaz de ou avesso a se revelar, em qualquer circunstância. Comia, trabalhava, tinha amigos, jogava tênis, mas nunca estava presente: era como um homem invisível, no sentido mais profundo do termo. E se, vivo, Auster buscava continuamente descobri-lo, entender quem era, na tentativa de encontrar nele o pai que não existia, mesmo morto ainda sentia viva essa necessidade. O seu desaparecimento não mudou nada, apenas ativou o sentido de urgência, de necessidade de chegar a tempo para ainda compreender alguma coisa.

> Aprendi que nada é mais terrível do que se encontrar face a face com os objetos de um morto. Por si mesmas, as coisas são amorfas: assumem significados apenas em função da vida que as usa. Quando esta chega ao fim, as coisas mudam, mesmo permanecendo iguais. Existem e não existem, como espectros tangíveis, condenados a sobreviver em um mundo onde não têm mais lugar. (Auster, 1997, p. 8)

Pergunta-se qual destino terá aquele armário cheio de roupas, na silenciosa expectativa de serem vestidas por um homem que não o abrirá mais. Ou as embalagens de preservativos esparramadas nas gavetas cheias de cuecas e meias. O barbeador elétrico deixado numa prateleira do banheiro, ainda cheio de barba triturada da última barbeada. Ou os frascos vazios de tintura de cabelo, escondidos na bolsa de couro de viagem.

> A repentina revelação de coisas que ninguém quer ver, que ninguém deseja saber. Em tudo isso há violência, e também uma espécie de horror. As coisas não significam nada em si, como os utensílios de cozinha de uma civilização desaparecida; e, todavia, dizem-nos algo, impondo-se não enquanto objetos, mas como resíduos do pensamento, da consciência, emblemas de uma solidão onde o homem consegue tomar decisões pessoais; se tinge seus cabelos ou não, se veste uma camisa ou outra, se vive ou morre. E a futilidade de tudo isso quando chega a morte. (Auster, 1997, p. 9)

Os objetos e a vida

Cada vez que abre uma gaveta ou enfia a cabeça em um armário, sente-se um intruso, um ladrão. Espera-se que, de uma hora para outra, seu pai entre e, olhando-o, incrédulo, lhe pergunte o que está tramando. Parece injusto que não possa protestar. Ele não tem direito de violar a sua intimidade.

Encontra um número de telefone rabiscado no verso de um cartão de visitas. Fotografias da viagem de núpcias de seus pais, cataratas do Niágara, 1946. Sua mãe sentada na garupa de um bisão, em uma foto que pretende ser engraçada, mas que não diverte ninguém. Uma gaveta cheia de pregos, martelos e mais de vinte chaves de fenda. Um escaninho repleto de talonários de cheque usados desde 1953. E muitas, muitas outras coisas.

De repente, a atmosfera muda radicalmente, logo após a decisão de esvaziá-la. Auster conta que a casa começa a parecer o set de uma horrível comédia de gênero. Os parentes saqueiam, reclamando um móvel ou uma porcelana, provando as roupas do pai, revirando caixas. Os leiloeiros oficiais foram examinar a mercadoria. Também chegam os lixeiros com suas botas pesadas para levar embora montanhas de lixo. O homem da companhia de abastecimento de água lê o relógio; os da calefação, o nível residual de combustível. Aproxima-se dele uma pessoa a quem o pai, ao longo dos anos, tinha dado muita dor de cabeça e lhe diz, com ostensiva cumplicidade: "Não tenho prazer nenhum em dizer" – e, pelo contrário, estava todo contente – "que seu pai era mesmo um grande canalha". O corretor de imóveis vai examinar a mobília remanescente em nome dos novos proprietários e acaba por comprar um espelho para si. Uma mulher, proprietária de uma loja de raridades, compra os velhos chapéus da mãe. Um dono de ferro-velho, com uma equipe que o ajuda, carrega tudo para o furgão, dos halteres de ginástica à torradeira quebrada.

Todos, sem exceção, parecem experimentar a embriaguez de serem sobreviventes, porque nascidos depois ou porque mais afortunados. Empurram, abrem caminho a cotoveladas, é difícil pedir para serem educados durante um saque.

Relações

Quando terminaram, não restava mais nada, nem mesmo um cartão. Sequer um pensamento.

Se, para mim, naqueles dias, existiu um momento pior que os outros, foi quando atravessei o gramado da frente da casa, debaixo de uma tempestade, para jogar fora um feixe de gravatas de meu pai em um caminhão da Good Will Mission. Devia ter mais de cem, e me lembrava de muitas delas da infância: os desenhos, as formas, as cores que foram impressas na aurora da minha consciência com a mesma nitidez do rosto paterno. A visão de mim mesmo jogando-as como lixo resultou intolerável para mim, e foi então, no exato instante em que as despejava no caminhão, que estive mais perto de chorar. Mais do que a própria visão do caixão baixando à terra, o ato de jogar fora aquelas gravatas me pareceu pressupor a ideia da sepultura. Finalmente dei-me conta de que meu pai estava morto. (Auster, 1997, p. 11)

No armário do seu quarto, havia encontrado centenas de fotos, muitas empilhadas e guardadas em uma porção de envelopes de papel grosseiro, outras coladas nas páginas dobradas de um álbum, outras ainda espalhadas nas gavetas. Seria possível deduzir que jamais seriam guardadas, talvez completamente esquecidas. No seu retorno à casa, deteve-se sobre aquelas fotos, quase em transe.

Eu as achava irresistíveis, preciosas, iguais a relíquias sacras. Pareciam precisar dizer-me coisas que jamais soube, revelar-me verdades escondidas, e as examinei febrilmente, uma a uma, assimilando-as em seus mínimos detalhes, as sombras mais insignificantes, até que todas as imagens se tornassem parte de mim. Não queria que nada se perdesse. (Auster, 1997, p. 13)

A descoberta daquelas fotos foi importante para ele, porque pareciam confirmar a presença física do pai, dar-lhe a ilusão de que ainda estava presente. O fato de que nunca tinha visto muitas das fotos deu-lhe a impressão de encontrá-lo pela primeira vez, como se uma parte dele começasse a existir apenas então. Havia perdido seu pai, mas, ao mesmo tempo, o havia encontrado.

> No começo, pensava que guardar esses objetos seria um alívio, que me fariam lembrar de meu pai, fazendo-me pensar nele nos sucessivos momentos da sua vida. Mas, depois, os objetos são apenas objetos. Enfim, eu me acostumei com eles, começo a senti-los como meus. Vejo a hora no seu relógio, visto as suas malhas, dirijo o seu carro: e tudo isso não é senão uma ilusão de intimidade. Já me apossei das suas coisas, e meu pai se ausentou delas para tornar-se invisível. E, cedo ou tarde, elas também morrerão, cairão aos pedaços e será necessário jogá-las fora. Duvido que parecerá um gesto importante. (Auster, 1997, p. 70)

A experiência do luto, tão trágica e extrema, mais do que qualquer outra, é a que consegue dar voz aos objetos. Restos materiais que vêm à tona, enquanto quem faleceu afunda lentamente no esquecimento. Segundo uma trágica alternância: uns reclamam a atenção de quem os encontra, apresentam-se na vida de quem jamais os possuiu, outros desaparecem portando consigo os segredos e as histórias daqueles objetos.

> O exemplo dos lutos, depois de uma partida ou de um óbito, é bastante esclarecedor: tais perdas deixam vestígios nas paredes, nos corredores onde aquele que desapareceu circulou, nas portas e nas janelas que tocou, nos objetos que utilizou. São objetos que são venerados, que não se movem, estranhamente pouco estragados pelo tempo, sobretudo se o luto se complica. (Eiguer, 2007, p. 26)

E Eiguer ainda sustenta que, muitas vezes, as famílias guardam os objetos sem uma razão aparente, enquanto, de fato, eles podem esconder segredos de família que não são evocados nem anulados, muito menos superados: histórias de loucura, comportamentos sociais impróprios, ou outros. Passado o tempo, alguns descendentes, escavando a história, vão querer saber. Muitas vezes, são os mais jovens que se impõem o fardo de descobrir a verdade e de pedir justiça, em nome dos antepassados excluídos ou mal julgados. Um objeto qualquer pode ser o ponto de partida para um processo de explicação da verdade.

Mas a ação propriamente dita, que se realiza com a pesquisa, é cheia de emoções. Aqueles que se acham em contato com objetos herdados devem entrar nos espaços daqueles que, em determinada época, eram os seus proprietários, para, lentamente, assumi-los como próprios.

> Como penetrar em lugares que, desde então, e a partir do momento do nosso nascimento, não eram nossos? Por que podemos, na completa impunidade, chegar a eles, jogar fora, destruir tudo aquilo como bem entendermos? [...]
>
> Herdar não significa, absolutamente, aceitar um presente dos próprios pais. É exatamente o contrário. Tornar-se proprietário, através da sucessão, não implica o fato de aceitar uma coisa oferecida: significa tomar posse legalmente de um bem, vir a ter o seu uso, sem que este tenha sido legado por um testador. [...]
>
> Os meus pais, quando vivos, não me deram aquele belo tapete oriental de que eu tanto gostava, por que, agora que estão mortos, eu teria direito a ele? Não quiseram me dar, como posso pegá-lo sem ter a sensação de obrigá-los, de enganá-los, de esbulhá-los? (Flemm, 2005, p. 17-8)

Para chegar a isso, é necessário deixar a vergonha de lado, lembrar-se de que os critérios de sempre em relação àqueles objetos devem ser abandonados. Pode-se, e às vezes deve-se, remexer os documentos pessoais, examinar carteiras, abrir e ler cartas endereçadas a outros e não destinadas a nós, violar gavetas secretas.

Nessa obra de apropriação, seria possível começar dos presentes dados um tempo atrás, alguma coisa no meio entre nós e as pessoas às quais estavam destinados. Mas aí é preciso continuar, colocar as mãos em cada coisa, com resignação, com dor. Pode-se topar com documentos e objetos que lembram acontecimentos desconhecidos para nós e nos damos conta de que ignorávamos uma parte da vida dos pais. Surge o sentimento de separação, definitivamente tomamos consciência dos pais como pessoas completamente separadas. É como se se renovasse aquela cena infantil em que a criança, pela primeira vez, tem consciência de que os pais têm uma vida autônoma da qual ela poderia estar excluída.

Os objetos e a vida

De certa maneira, o desaparecimento dos pais e a posse de seus bens legitimam um novo poder sobre as coisas e fazem com que nos "tornemos" nossos próprios pais. Com certo desconforto, ao menos nos primeiros momentos, dispomos dos objetos como desejamos, quebrando hábitos e regras.

Nem sempre se está pronto para enfrentar esse momento, e é por isso que as coisas dos falecidos ficam por um bom tempo intactas, sem serem removidas. Retorna-se a elas, arrumam-se as coisas como os pais queriam que estivessem arrumadas, tira-se o pó, deixa-se a casa como se eles pudessem voltar de uma hora para outra, e assim encontrariam cada coisa tal como a haviam deixado. Estaria salva a sua vontade. Mas também, depois de muito tempo, pode persistir certa hesitação, pelos mais variados motivos.

Tenho uma caixa de receitas de minha mãe, que era uma excelente cozinheira; receitas, por sua vez, transmitidas por seus familiares, por sua mãe, em particular. Pequenos cadernos de notas ou pedacinhos de papel esparsos, com escritas antigas feitas à caneta-tinteiro, algumas em alemão, com caracteres góticos. Quando minha mãe morreu, pedi para ficar com a caixa porque me divirto cozinhando. Muitos anos se passaram, e a caixa está sempre sobre aquela prateleira. Pergunto-me por que ainda não a abri. Sempre penso que haverá tempo, que um dia poderei olhá-la com cuidado e usar algumas receitas, convidar as pessoas e dizer-lhes que aquela era uma receita de minha mãe. Ela fazia um doce de nozes extremamente elaborado, de fato excelente. Ela o preparava por ocasião do aniversário de seu irmão, no fim de fevereiro. Se um dia chegar a voltar a fazer aquele doce e for capaz de ressuscitar aquele sabor tão único, talvez também minha mãe ressuscite por alguns instantes.

Tantas coisas da vida são adiadas para um dia indefinido, por vir. Mas, para poder penetrar nas coisas que têm a ver com o luto, muitas vezes é preciso mais tempo ainda, um tempo variável e dificilmente previsível. Antes de dar para alguém aquele livro de receitas – confesso que jamais farei isso –, é necessário olhar bem o que está lá dentro. É verdade que é um objeto que não consigo tocar, mas é também verdade que dele não posso me desfazer. Protege uma memória importante e preciosa, tanto mais importante e tanto mais preciosa porque tem a ver com um objeto dos mais significativos: o alimento, o nutrimento, o prazer.

> Receber uma herança não basta, é preciso apropriar-se dela, sentir que merecemos as coisas que nos são doadas. A herança é um dom dos afetos, não apenas um direito reconhecido pela Constituição. A herança questiona aquilo que somos. A herança pode despertar rivalidades latentes, ciúmes ríspidos, rancores enraizados no fundo da alma, ódios violentos. (Eiguer, 2007, p. 74)

Cada um desses objetos preciosos, desses sinais de riqueza, possui individualidade, nome, qualidades e poder. Cada um é personalizado. As coisas da família são identificadas individualmente: as portas, os pratos, as colheres decoradas e gravadas com as insígnias do clã, as armadilhas para salmão e demais objetos são entidades animadas, reproduções de instrumentos inesgotáveis. Cada uma dessas preciosidades contém em si uma virtude criadora; não é apenas um sinal, mas também uma provação e uma marca de riqueza, além de uma fonte religiosa de *status* e de abundância. Uma provação no sentido de que a pessoa deverá conformar-se ao objeto, deverá comportar-se da forma como o objeto lhe indica.

Marcel Mauss, no *Saggio sul dono* (2002), sustenta que certos objetos são transmitidos por gerações com a mesma cerimônia com que as mulheres são entregues em casamento. Esses objetos, mais do que doados, são emprestados para a vida toda; são sacros, dos quais a família dificilmente, às vezes nunca, se desfaz.

Nas famílias que têm uma estrutura suficientemente compacta, que têm um mito sobre a própria existência e sobre as próprias origens, a posse e a transmissão de certos objetos têm uma importância muito relevante. Alguns ascendem à categoria de objetos míticos e não podem ser vendidos, apenas destinados a um membro da família.

Com a divisão dos bens e dos objetos, exumam-se todos os matizes das relações familiares. Reaparece nas vivências do primogênito o sentimento de ter sido deposto, colocado à margem pela chegada dos outros irmãos, de ter sido privado do próprio poder e de ter tido de dividir todas as atenções até então recebidas. Quando os bens são divididos, quem sempre mais exigiu da relação com os pais continua a fazê-lo com os irmãos, postulando direitos que excedem uma normal e justa divisão.

E outras experiências mais. Proponho apenas algumas pistas, que têm certo poder evocativo; é provável que tragam à memória de alguém experiências vividas em primeira pessoa.

> Descobri, cuidadosamente empilhados, dezenas de guardanapos de papel, provenientes de cafés e de restaurantes do mundo inteiro. Queria logo jogá-los fora, mas hesitei um instante e, depois, examinei-os mais atentamente. No canto de cada um, a fina caligrafia de minha mãe, firme e ágil, se fazia claramente notar e imprimia àqueles papéis insignificantes uma súbita emoção, verdadeira, leve e persistente. (Flemm, 2005, p. 101)

Experimentei emoção parecida quando tomei posse de um punhado de dez cartões escritos por um senhor norte-americano no início do século passado. Descrevem, dia após dia, as férias que ele passou em Capri. Usou cada cartão para expressar um pensamento, contar um acontecimento, descrever uma paisagem. Exatamente como aqueles guardanapos, objetos minúsculos e frágeis, testemunhas de momentos e de pensamentos particulares, em lugares ou com pessoas especiais.

Outra história, de uma moça norte-americana (Turkle, 2007). Ela conta que, quando criança, passou muitos finais de semana no apartamento dos avós, no Brooklyn; dos seis aos treze anos, quase todos os finais de semana. Trepava na mesa da cozinha e pegava, no mezanino, uma caixa que continha muitas coisas diferentes. Cada objeto a colocava em contato com quem o tinha possuído e lhe revelava os interesses particulares de cada um. O pai, seu pai legítimo, tinha ido embora quando ela tinha dois anos. A mãe o haviado deixado. Nunca se pôde falar dele, tornou-se um tabu. Não se sentia nem mesmo autorizada a pensar nele.

Sem ter consciência, estava à procura do que havia perdido, mas, nos objetos, jamais havia surgido qualquer sinal dele. Até que, certa vez, encontrou a foto de um homem em pé em uma calçada, mas seu rosto estava cortado. Nunca perguntou quem era aquele homem, mas ela sabia, e sabia também que não poderia mencionar a fotografia, pois também ela poderia desaparecer. O seu mundo mais importante e mais pleno de emoções estava contido em uma caixa, de cheiro singular e com muitos objetos guardados em seu interior.

Os objetos assumem a função de verdadeiros companheiros na vida emocional. Pensamos com eles por perto, vivem conosco enquanto pensamos.

Na história de David, há um encontro com um objeto realmente único. Era noite de Natal, momento particularmente cheio de emoções; situações eram lembradas, pessoas, acontecimentos de um passado recente, mas também de uma época distante. Naquela vez, tia Julia, ao lhe contar sobre uma noite de Natal de fato excepcional, vivida pelo pai muitos anos antes, entregou-lhe um objeto.

> Julia lhe falou de seu pai, um jovem professor de óculos redondos e bigodes, que havia passado o Natal de 1914 em uma trincheira enlameada da França. Contou-lhe que, embora estivessem em guerra, ele e seus companheiros haviam encontrado tempo para festejar sob a luz esfumaçada das lanternas de parafina [...]. E, naquela oportunidade, disse Julia, inclinando-se na direção de David, prestes a lhe revelar um segredo, seu comandante havia entregue, a cada um, um presente de Natal da parte da princesa Mary em pessoa. A mulher esticou a mão e tirou a tampa da caixa. Dentro estavam um cartão comemorativo, um pacote de tabaco e vinte cigarros. [...] David fixava os cigarros ainda intactos e uma estranha excitação se apoderou dele. Uma emoção que o deixou sem fôlego.
>
> Aquela caixa de lata parecia indestrutível e, ao mesmo tempo, desesperadamente frágil. O menino tinha pavor de deixá-la escapar das mãos, de estragá-la, de deixá-la exposta ao ar por tempo demais. Tinha a impressão de que, se tivesse levado um dos cigarros aos lábios, subitamente seria transportado para aquela trincheira de 1914, tarimbado, cantando com os camaradas. Teve vontade de fechá-la, ou que Julia a tirasse de suas mãos, mas não conseguia se mexer nem desviar o olhar. [...]

> E era isso que havia buscado durante grande parte de sua vida, vestígios concretos da história, objetos que pudesse ter em mãos, sentindo o peso da memória, do tempo transcorrido. Qualquer coisa a que se agarrar, dizendo: olha, isso pertencia ao meu pai, ao pai do meu pai, é um pedaço do que eles foram. Um pedaço do lugar de onde eu vim. (McGregor, 2006, p. 41-2)

David não havia conhecido o pai e sempre esteve em busca de alguma coisa que pudesse colocá-lo em contato com ele. Dessa vez tinha conseguido. E era bem provável que a escolha de sua carreira, a de empregado em um famoso museu de arqueologia, pudesse ser imputada à busca pelo pai. Essa busca, muitas vezes frustrada por silêncios e omissões familiares, havia tido uma atenção em uma atividade que, parcialmente, a compensava. Ele gostava do cheiro dos museus, especialmente do mofo dos objetos tirados da terra e guardados em armários de madeira maciça. Ele gostava do cheiro da cera sobre o piso, do estalido provocado pelos seus sapatos quando caminhava sobre ele.

Igualmente emocionante é a história testemunhada por Nathan Zuckerman na casa de uma mulher que ele reencontrou depois de quase cinquenta anos e que tinha sido a companheira de um famoso escritor de nome Lonoff. Eles estão no quarto, e conta Zuckerman:

> Então, enfileirados no chão, vi os sapatos de Lonoff. Quatro pares, todos com o bico para a frente, todos pretos, todos muito gastos. Quatro pares de sapato de um morto. "Estão exatamente como ele os deixou" – me disse – "Você olha para eles todos os dias?" – disse eu. –"Toda manhã. Toda noite. Às vezes, mais do que isso." "Você nunca acha estranho vê-los ali?" "Não, pelo contrário. O que poderia nos restar de mais consolador do que seus sapatos?" "Ele não tinha sapatos marrons?" – perguntei –"Nunca usava sapatos marrons?". "A senhora não os calça nunca?" "Nunca experimentou ficar de pé com os sapatos dele?" "Como adivinhou?" "É humano, é a vida humana" "São os meus tesouros" – disse ela – "Também faria deles um tesouro" "Você quer um par, Nathan?" (Roth, 2008, p. 146)

Relações

O luto é vivido de maneira diferente, conforme a pessoa; mesmo no interior de um mesmo núcleo familiar, podemos ter uma pluralidade de comportamentos diferentes entre si. A seguir, o testemunho de uma mulher ocupada com a reordenação da casa de uma pessoa querida falecida.

> Esta é a mala de minha avó, a que ela usava quando vinha da França. Ficamos na sua casa de Bordeaux apenas algumas noites, o tempo necessário para o funeral e para abraçar os seus. No dia seguinte ao de sua morte, nem bem seu corpo havia esfriado, minha mãe, furtivamente, começou a esvaziar o apartamento. Meu pai e eu, abatidos pela dor, andávamos pela casa à procura dela, receosos de tirar qualquer coisa do lugar. Faz somente algumas semanas que ficou bem.
>
> Minha mãe enfrentou o falecimento da sogra entrando num frenesi mecânico de selecionar, organizar e jogar fora. Catava cada livro, cada calçado, cada casaco, e jogava tudo no saco de lixo ou no das doações. Meu estômago se revirava e meu coração se despedaçava. Os vestígios da vida de minha avó estavam prestes a serem apagados. Na cozinha, peguei o copo que ela havia usado no dia anterior, com as marcas do seu batom nas bordas. Ela voltaria. Ela ainda está aqui. [...]
>
> Um ano depois, ainda não abri sua mala. Hoje dei uma olhada nas cartas que ela me escreveu e nas fotografias de todos nós juntos. Caí no sono abraçada à mala e sentia que era cada vez mais perigoso abri-la. As lembranças crescem com você, através de você. Os objetos não têm essa fluidez: tive medo de que o conteúdo da maleta pudesse trair minha avó.
>
> Dois anos e meio depois de ter ninado a mala, comecei a abrir-lhe as fivelas, uma de cada vez. Somente agora consegui colocá-la sobre a cama, abri-la e, fazendo um esforço, ver o que havia dentro. Finalmente, preciso apenas levantar a parte de cima, mas não estou pronta para que o cheiro do seu perfume, dos seus cabelos, das suas joias e das suas roupas venha ao meu encontro tão rapidamente. Ela chega até mim internamente. Fecho os olhos e meu rosto já fica banhado em lágrimas depois de ter encontrado o seu pulôver vermelho. Não deveria fazer isso, mas o trago para perto do meu rosto para sentir como se ela me abraçasse. Sorrio.

A mala a traz de volta a mim, junto com a preocupação de que a perderei se abrir a mala muitas vezes; o seu perfume evaporaria, as cartas desbotariam, e as roupas não teriam mais a sua forma. (Dasté, 2007, p. 249)

5. Mensagens

Colocamo-nos na escuta de coisas que ainda poderiam nos falar de pessoas, quando vivas. É um trabalho de interpretação, de decodificação de sinais e também de reconstrução, a partir de uma grade temporal que possa conferir uma ordem a isso. Procuramos recompor experiências, percursos de vida, querendo dar-lhes um significado, seguindo alguns caminhos.

Talvez possamos ficar diante de pistas já previamente ordenadas, organizadas segundo um sentimento que se pode facilmente reconhecer. Objetos dispostos seguindo uma ordem visivelmente pensada, sem relação com o acaso e com o improviso. Nesses momentos, aquela pessoa penetra nossos pensamentos, orienta-os, guia-os, indica-nos um percurso a seguir. O contato com ela pode então ficar realmente intenso; as margens de interpretação se estreitam porque aqueles objetos, segundo aquela ordenação, têm uma força explicativa evidente, querem dizer uma coisa, e não outras. Apresentam, por inteiro, a história de quem os arrumou daquele jeito, a fim de que outros possam reencontrar o sentido daqueles objetos, de que outros possam entender. Deixam transparecer a intenção de falar com quem sobreviverá. Outras pessoas, tendo uma intenção oposta, para evitar entregar um quadro diferente daquele conhecido, apagam repetidamente as pistas de seus segredos marcados em alguns objetos particulares, para que o reencontro não traia a sua memória.

> Fuçando nas gavetas cheias de roupas de cama antigas, bordadas com os monogramas da avó ou da bisavó, vi, amarrado a um saquinho de celofane contendo dois cabides forrados de lã azul, um bilhete, quiçá endereçado a mim, no qual minha mãe havia escrito: "Confeccionado em crochê por Berta Kaufmann, em 1920".
>
> Portanto, em uma data indeterminada, minha mãe tomou o extremo cuidado de antecipar a minha descoberta futura. Sabia que, um dia, eu teria de encarar aquela árdua tarefa, nostálgica, dilacerante, de escolher aquilo que era necessário ter ou não na casa da família. Prevendo o momento em que não mais estaria aqui, deixou-me aquela indicação. Quis atrair o meu olhar. Como se se voltasse para mim, *post mortem*, para me dizer: "Atenção, este objeto é precioso, você vai guardá-lo ou jogá-lo fora sabendo, todavia, a sua origem". (Flemm, 2005, p. 79)

Assim, doar, ato da continuidade, significa confiar um objeto a outro, a fim de que a memória não se perca. Existe um pacto entre aquele que doa e aquele que herda, para que a transmissão seja completada e respeitada (Eiguer, 2007).

Coloca-se em execução a significativa ilusão de uma continuidade do *self*. Os filhos, já depositários da própria continuidade, verão reforçada essa tensão mediante a aquisição de bens e de objetos. Quem não quis filhos frequentemente expressa o sentimento frustrante de não saber a quem deixar as próprias coisas.

As pessoas de idade avançada frequentemente têm prazer em reorganizar suas coisas, de modo que fiquem precisamente organizadas para quem depois deverá reencontrá-las. Com esse ato, a pessoa deseja fixar, ela mesma, os termos definitivos de sua história, o sentido dela: eu faço a minha história. Sabemos bem o quão importante é uma representação fiel dos estados de espírito, das experiências e das vontades. E é também importante que quem entrar na posse desses objetos possa conhecer suas origens. As origens são um elemento complementar, mas de importância determinante para os fins de construção de um sentido; não apenas expressam significados futuros, talvez também os criem.

Os objetos e a vida

> Escondida no fundo, sob uma pilha de echarpes, luvas, xales, meias e flores de pano protegidas por caixas transparentes, descobri uma grande bolsa que havia pertencido à minha avó. Eu a abri e fiquei estupefata. Continha exatamente o que a mãe de minha mãe havia colocado nela nos últimos dias de sua vida.
>
> Depois de sua morte, em fevereiro de 1979, há quase 25 anos, minha mãe não esvaziou a bolsa; talvez nem mesmo a tenha aberto, não tinha prestado atenção nela e a tinha enfiado no fundo do armário. [...]
>
> Afastei as alças e a abri lentamente. Balas, coladas ao tecido de uma sacola de compras amarela e branca, pareciam emergir de uma rede de pesca. Pegajosos, mas ainda em seus invólucros transparentes e multicoloridos, os bombons pareciam esperar para serem oferecidos a algum pestinha simpático. [...]
>
> Da bolsa tirava objeto após objeto. Encontrei, além das balas, alguns torrões e um saquinho de açúcar, decorado com o gato preto de uma marca de café, um capuz de chuva e muitas fotografias: de sua mãe, de sua filha e de sua neta, de sua irmã Irene, de doces feições, fotografada em 1935, que possuía um anel de quartzo negro, com uma sóbria lapidação retangular e um pequeno brilhante ao centro, que eu uso há mais de vinte anos. Tenho particular estima por essa joia que, depois de mil peripécias, fiel e infalivelmente, sempre voltou a encontrar o caminho do meu dedo médio. (Flemm, 2005, p. 87-91)

A mãe quis comunicar toda a sua dificuldade de se aproximar da própria mãe mediante pequenos objetos sem valor aparente. Meter a mão no meio de coisas que foram legadas requer um cuidado e uma atenção parecidos com os de um arqueólogo ao manipular fragmentos encontrados; deve-se lembrar dos lugares onde foram encontrados, não se deve alterar a sua disposição. A eles é dada uma última ordem que é um testamento vivo, exprime uma vontade precisa.

Por outro lado, eventos externos particularmente adversos podem anular as melhores intenções e frustrar qualquer possibilidade de guardar o objeto transmitido.

Esse é o fio condutor da história de *O livro dos pais*, contada por Miklós Vámos (2006). Um diário de família é transmitido de pais para filhos; cada primogênito que o recebe registra nele os acontecimentos pelos quais passaram os membros da família daquela geração. Até que o diário, salvo de dificuldades inenarráveis por dois séculos, acaba queimado no incêndio da casa. As histórias narradas, seguramente, tinham grande importância, porque representavam a memória e o testemunho de muitas gerações; mas o que verdadeiramente se torna o representante da tradição e da transmissão através das gerações era o próprio objeto, o diário em si; importava mais do que tudo. A memória escrita era um instrumento precioso para conhecer o que havia sucedido àquela família através dos séculos, representava o testemunho mais amplo e articulado de sua epopeia; mas o objeto, consumido, com a convulsiva cautela usada ao conservá-lo, com a transmissão ritual de uma geração a outra, transformou-se no elemento crucial da mudança de geração e da história familiar. Conseguia exprimir-se com mais palavras ainda do que aquelas nele impressas.

V. O MUNDO VISTO PELOS OBJETOS

1. ELES SOBREVIVEM A NÓS

Para poder passar adiante os objetos, é necessário criar dentro de si o sentimento de que a própria vida possa continuar com eles. Alimentar a ilusão de continuidade para conter a difícil vivência da decadência. Mas com uma condição: que se esteja disposto a admitir aqueles mesmos objetos em mãos alheias, deixando-os livres para construir para si uma nova história.

> Nós podemos confiar às coisas a nossa imortalidade, quer dizer, pensamos em nos perpetuar guardando as coisas: a fidelidade a muitas tradições familiares que se concretizam em objetos tem esse pressuposto. [...] Por um lado, existe o desejo de desafiar, de algum modo, a morte, e, por outro, quase o sentimento de medo e de raiva que dá a ideia de que, depois, as coisas ainda continuarão a existir, e nós, não. Existe, portanto, uma dupla atitude em relação às coisas que duram mais que nós: podem ser um consolo, mas também um insulto, dada a nossa decadência. (Pavone; Orlando, 1995, p. 53)

Muitos têm abordado essa questão.

As moedas, a bengala, o chaveiro,

a pronta fechadura, as anotações tardias

que não poderão ler meus poucos dias,

as cartas do baralho e o tabuleiro,

um livro e entre suas páginas a seca

violeta, monumento de uma noite

certamente inesquecível e esquecida,

o rubro espelho no ocidente em que arde,

Os objetos e a vida

ilusória, uma aurora. Quantas coisas,
atlas, limas, umbrais, taças, cravos,
nos servem como tácitos escravos,
sem um olhar, estranhamente secretas!
Durarão mais do que nosso esquecimento;
Nunca saberão que as deixamos. (Borges, 1984, p. 47)

Depois de nossa morte, muitas das coisas que possuímos terão vida própria, terminarão em lugares inesperados, assim como acontece conosco quando tomamos posse de objetos alheios, cujo destino, em muitos casos, ninguém imaginava. Em meu escritório, em Nápoles, tenho uma gravura de Baden, pequena cidade da Suíça, perto de Zurique. Creio que foi adquirida pelos pais de um tio meu por afinidade, pertencente a uma família alemã que emigrou para Gênova em busca de trabalho e foi para a Suíça na velhice, justamente para Baden. Com a morte da família, a gravura passou de sua casa para a dos meus tios, em Milão; por último, coube a mim, e, assim, foi pendurada em meu escritório, em Nápoles. Vai saber qual será o próximo destino, mas é bem provável que não me será dado saber. Posso fantasiar-lhe futuras instalações, mesmo sabendo que se trata de uma fantasia livre. Por esse motivo, animei-me a escrever num caderninho a origem dos muitos objetos que estão em minha casa. A começar pelo sofá da sala de estar, que antes se encontrava em minha casa de San Martino, antes ainda no porão e, mais anteriormente ainda, na minha casa de infância, na rua Vittorio Emanuele: foi ali, naquela que era então a casa de minha avó, que o vi pela primeira vez, de couro marrom, muito gasto, rasgado aqui e ali, e com as molas que mostravam uma resistência instável, no canto de um cômodo vazio que, depois, viria a se transformar no meu quarto.

Aquele sofá foi reformado, revestido com um novo tecido, retirável e lavável, de cor marrom, não muito bonita. Naquele sofá falei a meu pai sobre a escola, sobre os amigos, ouvi o rádio com ele, vi ali se revezarem tios sentados em visita, batendo papo com meus pais, em companhia de um copo de Negroni numa mão e um cigarro na outra. Ora, aquele sofá encontrou sua posição na minha sala de estar, acolheu outras pessoas e escutou vozes muito diferentes daquelas de outros tempos. A duras penas, minha memória se lembra de algumas, mas só ele se lembra de todas. Eu posso olhar para ele, voltar a evocar tempos passados, arrumar os acontecimentos em ordem cronológica, trazer à tona figuras ou momentos esquecidos, mas tenho certeza de que com a minha memória não posso ir muito além dos dias de minha vida. Um sentimento sutil de frustração me transpassa, enquanto ele sorri porque se lembra de muito mais, muito antes de mim. Por outro lado, o seu destino é incerto. Poderia ser destruído, e assim se perderia com ele toda a memória que guarda consigo, ou então talvez tenha a possibilidade de ficar na casa em que mora atualmente e ficar no centro de outras lembranças, de outras histórias: às passadas lhe serão acrescentadas novas.

Uma narrativa que segue o fio da história de um objeto ou de muitos objetos, que constrói sua biografia em estreita relação com as pessoas que os possuíram, não tem fim: histórias dentro de histórias, episódios singulares, testemunhos de anedotas que se transmitem, transferências, vida cotidiana e momentos especiais, pessoas conhecidas e vizinhas, outras só conhecidas e logo esquecidas. Tempos intermináveis seriam necessários para completar essa história de vida realmente especial.

> A biografia das coisas pode tornar saliente o que de outro modo fica obscuro. Por exemplo, em situações de contato com outras culturas, pode mostrar o que os antropólogos muitas vezes enfatizaram: o importante na adoção de objetos estranhos – assim como de ideias desconhecidas – não está ligado ao fato de que tenham sido assumidos, mas ao modo como são redefinidos e usados. (Kopytoff, 1986, p. 67)

Entre as coisas de minha mãe, encontrei um pequeno caderno em que foram anotados todos os presentes de casamento recebidos por ela, ao lado do nome de quem os deu; consegui, assim, reconstruir parte da história deles. O reconhecimento de sua origem restitui uma alma àqueles objetos.

As "transferências de mão", muitas vezes tão casuais e improváveis, as perdas de uma ou mais histórias tão cheias de peripécias, criam uma inegável comoção. Resiste-se ao inevitável destino da transferência de mãos com a singular medida de proibir mudar e tocar os objetos de quem morre. A disposição, aquela de última vontade, torna-se um testamento vivo, expressa os atos últimos da pessoa ainda em vida. Indicaria uma ilusória unicidade da vida dos objetos segundo uma posse exclusiva.

"É necessário tutelar a integridade da casa", "é preciso deixar as coisas assim como estão, não mudar nada" são algumas das vozes daqueles que estão ocupados com os objetos das pessoas falecidas. Mas o tempo tende a destruir tudo, redimensionando as intenções iniciais. A menos que a exibição dos últimos momentos não tenha um interesse histórico.

Assim fez a irmã de Giovanni Pascoli, em Garfagnana. Depois de sua morte, nada que dissesse respeito a ele foi tocado. Seus livros permaneceram em seus lugares, seus documentos também; o mesmo com a escrivaninha e com as folhas nas quais estava tomando notas. Sobre elas ficaram pousados os óculos que havia deixado à noite, antes de dormir, e também antes de morrer. A casa conservou sua integridade, a integridade de sua memória. Nada parece transformado.

Parecido com o que aconteceu na mudança de Francis Bacon de Londres a Dublin, sua cidade natal.

> Um acúmulo fantástico de lixo e de testemunhos preciosos: papéis, fotografias, retalhos, garrafas de champanhe vazias, recipientes de pintura de variadas configurações (bisnagas, pastéis, latas, *sprays*), misturados a latas de conserva, pincéis, livros, panos, telas rasgadas, discos, instrumentos, esponjas e roupas velhas; ao todo, mais de 7 mil objetos. [...] Uma operação orçada em um milhão e meio de libras esterlinas. Somente para transportar a mesa e o que se amontoava em cima dela foram necessárias oito semanas de trabalho. Em relação ao pó, ao precioso pó acumulado por três décadas e que tanto participou da pesquisa pictórica de Bacon, foi recolhido, embalado, etiquetado "Bacon's Dust" e cuidadosamente redistribuído sobre o tapete empastado de

pigmentos que cobria o chão da nova residência. (Briganti, 2009, p. 38)

Tais iniciativas lembram hábitos e tradições distantes de nós.

Na cultura tibetana, existem sapatos brancos que são oferecidos ao Dalai Lama ou aos Lamas, aos estrangeiros ou a quem parte, e, em sua maioria, são feitos de faixas brancas de gaze que, depois, se desfazem em curto tempo. Objetos que devem morrer, como deve morrer o incenso, ou a manteiga queimada, ou as ofertas de alimento e de fruta diante dos altares.

Às vezes, a morte do objeto é provocada de propósito. É o caso de alguns artesanatos maoris, caixas alongadas em madeira, com duas alças em forma de cabeça, chamadas *wakahuia*, destinadas a guardar as plumas rituais dos adereços de cabeça dos chefes da aldeia. Essas caixas, se cedidas a estrangeiros ou se não mais utilizadas, têm suas alças mutiladas. A decapitação evita que o objeto permaneça animado e poderoso, e, portanto, potencialmente perigoso. (La Cecla, 1998, p. 42)

Assim também nas histórias dos roma[*]. O fato de os pertences do defunto serem destruídos, a começar por sua casa, passando pelo veículo e por todos os seus bens, é um costume frequente entre as populações que vivem em situação de nomadismo. Realiza-se uma cisão entre o mundo do defunto e os vivos que ficam, e são os objetos que decretam tal separação.

Em outras culturas, os objetos pertencentes ao defunto continuam a exercer uma grande influência sobre os sobreviventes. Eles têm um poder devido à transmissão da alma e à personalidade do defunto. Na base dessa convicção está a ideia de que os objetos não são indiferentes à vida dos homens e que, estando os homens ao lado dos objetos, acabam por adquirir deles o caráter "pessoal": têm uma personalidade, uma alma assumida por osmose (La Cecla, 1998).

---

[*] Roma (plural de *"rom"*), grupo etnolinguístico que compõe a população conhecida como cigana. (N. T.)

Nessas aproximações surgem aspectos instigantes. Nossa cultura, saturada de bens, por um lado estimula seu rápido descarte e, por outro, enfatiza seus aspectos representacionais; isso leva à meticulosa atividade de preservação. É assim que a casa de Pascoli deve ficar exatamente igual a como ele próprio a havia deixado na última noite de sua vida: sua presença, embora invisível, deve ser percebida em todos os lugares. À representatividade do objeto é dada uma força inusitada, a fim de que permaneça inalterada no tempo, para que possa conservar um sentido, lembrar, manter viva a memória, a presença. Simultaneamente, segundo uma visão materialista, os objetos por si mesmos, para além de seu conteúdo simbólico, são considerados mortos, sem vida e, portanto, também sem poderes. Nega-se a eles uma vida própria, uma vez que, ao sobreviverem a nós, alimentam nosso sentimento de impotência. Finge-se, portanto, sua decadência, para que seja possível livrá-los totalmente daquele poder que, do contrário, a cada momento, certifica a nossa finitude.

2. DE MÃO EM MÃO

Nas suas múltiplas existências, os objetos acabam encontrando contextos novos, inimagináveis, porque possuídos por outras pessoas que, muitas vezes, nada têm a ver com as anteriores.

> Mas o que nunca pude fazer do seu excelente guarda-roupa? [...] Não podia vestir nem mesmo uma de suas roupas, não eram feitas para mim. Ocorreu-me então uma ideia: talvez uma amiga norueguesa aceitasse experimentar alguma, só para dar uma olhada. [...] Embora, de modo algum, ela tivesse as formas de minha mãe – era muito mais alta e esbelta –, aquelas roupas, concebidas e feitas para uma, adquiriam em outra, na minha amiga, uma elegância incrível. [...]

O mundo visto pelos objetos

> Uma em seguida da outra, eu estendia as peças para minha amiga, e ela as provava, olhando-se sucessivamente no espelho do quarto e no dos meus olhos. [...] Pouco a pouco, toda a coleção de roupas mudou de proprietária. Minha amiga tomou posse dela a seu modo, inventando novos arranjos, novas combinações, e deu-lhes uma nova vida. Não morrem, as roupas. (Flemm, 2005, p. 94-6)

Não, as roupas não morrem, como também as coisas não param de viver com a transferência de mãos. Podem entrar em uma vida mais dinâmica e interessante ou cair em uma existência mais triste e degradada.

As transferências de mão, que implicam uma posse renovada, promovem usos diferentes dos anteriores: lugares, atmosferas, temperaturas, luzes, vozes talvez inimagináveis. E, em cada mudança, o objeto pode encontrar um novo sentido para seu existir, é levado a reconstruir a sua história desde o princípio. Os objetos podem ter muito mais do que apenas uma vida; mas é de se perguntar se, uma vez transmitidos aos novos proprietários, conseguem conservar alguns vestígios de sua experiência anterior. Não ficamos indiferentes ao imaginá-los em outro lugar, em outras mãos, para usos que se sobrepõem àqueles que conheceram anteriormente.

Nem sempre conseguem esconder o passado neles impresso. Quando vemos uma criança, o filho de amigos ou de parentes, vestindo a roupa que era de um filho nosso, somos tomados de espanto. Existe uma história, um afeto, uma ternura que fica grudada naquela roupa, e parece que um pedaço dela continua a ter vida, mesmo vestida por outra criança. Quando a saudade se faz ouvir, aquela roupa parece sussurrar: leve-me com você.

> Precisava acreditar que aqueles que tinham sido cuidadosamente escolhidos e possuídos pelos meus pais seriam amados, mimados e cuidados por seus novos donos. Para entregá-los sem lamúrias e sem culpa, queria pensar que se desgastariam e envelheceriam rodeados de atenção. As coisas não são muito diferentes das pessoas ou dos animais. Os objetos têm uma alma, e eu me sentia no dever de protegê-los de um destino funesto demais. (Flemm, 2005, p. 97)

Os objetos e a vida

O renascimento de um objeto é um evento complexo, nada linear, frequentemente cheio de contradições. Dificilmente esconde seu passado, apagando vidas passadas. As novas identificações se expressam com valências emocionais de determinada profundidade, e o conflito nasce das duas identidades que se enfrentam. Um passado que continua a viver e que reclama uma continuidade própria, a nova posição muitas vezes em flagrante desarmonia com a anterior; a nostalgia e a ligação com a existência de um tempo em oposição às perspectivas dadas pelo novo contexto de vida.

Às vezes um objeto pode ter um destino infausto. Proust conta que, depois da morte da tia, seus móveis foram vendidos para um bordel. Cada vez que dava um jeito de revê-los, parecia que choravam. Pensava: Que satisfação seria resgatar um bom objeto em toda a sua pureza da contaminação de uma companhia baixa e degradante!

> Muitas vezes senti que, se aqueles móveis pudessem falar, alguém poderia ouvi-los derramar sua gratidão em nossos ouvidos. A estante escancararia suas portas de vidro na impaciência de receber os distintos volumes sobre as prateleiras, a poltrona o apertaria em seu abraço, a escrivaninha se estenderia para oferecer fresca inspiração à sua pena. Fantasias à parte, estou convencido de que os móveis sentem melhor, fisicamente, e estava prestes a dizer espiritualmente, quando colocados em seu próprio ambiente. (Calvino, 2002, p. 122)

Em meu escritório, tenho uma luminária que pertenceu aos meus tios. Na casa deles, estava sobre uma prateleira, próxima de uma poltrona, na qual meu tio se sentava para ler. Não que tivesse assistido muitas vezes a essa cena, mas as poucas vezes foram suficientes para que aquela imagem ficasse gravada em minha mente. O contato recorrente com a luminária apenas reforça aquela lembrança e torna impotente a ação do tempo que tenderia a apagá-la. Agora, a luminária está sobre outra prateleira, longe daquela casa e daquela cidade; não ilumina nada específico, apenas oferece luz a uma parte de um cômodo. A lâmpada, a original, é sempre a mesma, não há razão para ser substituída. Quando olho aquela luminária, tenho a impressão de que ela foi arrancada de seu lugar original e, como ela, todas as coisas

O mundo visto pelos objetos

de que se fazia acompanhar; que ela se mantivesse viva porque era ali que a tinha visto nascer, e ali deveria continuar a viver para sempre. Vem-me a mais verdadeira sensação de que aquele meu tio, de fato, não existe mais.

> O estatuto da sucessão está nebulosamente envolto em panos jurídicos e patrimoniais, quando nele existem, contudo, componentes muito mais profundos e não enunciados. O animismo que resgata o mundo das coisas, fazendo delas mundo de ligação entre as pessoas, talvez seja um dos nós mais escondidos e comoventes que nossa cultura nega. Mas tal negação se deve a um maldito medo da autonomia do mundo material. [...] Porque o mundo é uma presença, e não apenas uma lembrança, e a companhia que as coisas nos fazem está investida da personalização do mundo, operada entre ausentes e presentes. [...]
>
> A herança dá destaque às gerações e também as separa umas das outras. A morte foi usada como forma de discernimento, para tornar tangíveis os espaços entre nós, para que não mais venha a se confundir com o mundo e com os corpos e as almas alheias. Esse enorme esforço de individualização nos custa a perda de qualquer consolo, de qualquer comunhão dos santos (e não), mesmo a que pode chegar até nós a partir da carícia das coisas e dos outros no tempo. (La Cecla, 1998, p. 93-4)

Assim é a história de um cinzeiro. Eu sempre o via sobre uma mesinha marrom-escuro, encostada na parede entre as duas janelas da sala de estar da casa de montanha de tia Mimmi e de tio Bruno.

Quando entrava ali, meu olhar caía sempre nele, também porque eu era atraído pelo som de um rádio que transmitia música clássica sempre num alto volume. Tinham comprado aquele cinzeiro durante uma de suas viagens, provavelmente para a Espanha, aonde adoravam ir. Sua cor é de um azul-escuro intenso, tem ao centro uma flor parecida com uma margarida, pequenos ornamentos vermelhos do lado de fora e umas flechas verdes que terminam na parte interna. É um objeto agradável, mesmo que não seja nada mais que um cinzeiro bem simples. Tia Mimmi e tio Bruno morreram, e, pouco tempo depois, suas coisas foram partilhadas. Era uma tarde de agosto. Foram separados onze lotes, porque onze eram os seus herdeiros; em cada lote havia coisas mais ou menos parecidas e, portanto, com valores equivalentes. Passou-se depois ao sorteio, e, no lote que me coube, estava o cinzeiro. Naquele momento, dei pouquíssima importância ao que estava acontecendo, mas não à montanha de objetos distribuídos no quarto e aos números sorteados.

Agindo automaticamente, de modo previsível, sem maiores reflexões, peguei as coisas que me couberam, coloquei-as em uma sacola grande e levei-as embora. Não dá para negar que as arranquei de seu lugar. Quase todos os objetos que levei naquela sacola grande estão agora na minha casa de campo, inclusive o cinzeiro azul. Agora fica em cima de uma mesinha de bambu, cujo tampo é composto de muitos colmos interligados. É uma mesinha rústica, usada principalmente no verão, no centro do pátio onde se passa a maior parte do tempo. Aquele cinzeiro fica bem em cima daquela mesinha, tem boas dimensões e cor apropriada.

Um dia, eu o peguei, olhei-o atentamente e descobri que, na parte de baixo, estava colado um feltro de cor verde, como o tecido de mesas de jogos. A sua base é grosseira, áspera e poderia ter estragado a mesa sobre a qual estava antes. Um feltro cortado de modo perfeitamente circular aqui, com cortes lineares um pouco vacilantes acolá. Aquele feltro perdeu sua função, porque a mesinha sobre a qual está agora é resistente, e não seria machucada por eventuais arranhões. Decidi deixar aquele feltro verde colado na base porque, afinal, lhe pertence; é como uma vestimenta que recobre aquela parte do cinzeiro. Exige certa atenção ao ser lavado para que não fique excessivamente molhado. Continuando a observá-lo, tive uma estranha sensação que me deixou ligeiramente abalado. Como se aquele objeto me dissesse: quero explicações sobre por que me encontro agora aqui, e não mais sobre aquela mesinha escura e envernizada. Outras mãos me tocam, diferentes daquelas que sempre cuidaram de mim. Pensando na sua história, parece que ouço sua voz, suave, que exprime o seu penar.

Comecei a perceber um sentimento de estranheza nas relações com aquele objeto, impropriamente tornado meu. E se o objeto parece queixar-se de ter sido levado de seu lugar preferido, de minha parte vivo a sua presença quase como uma intromissão em minha vida, não obstante sua forma agradável e suas cores vivas e quentes.

Lá onde ele permaneceu um tempo, ficaram alguns móveis que, no entanto, ouvem outras vozes às quais procuram se acostumar. Não existe mais aquela música que inundava o ambiente. Mas o cinzeiro poderia voltar para cima daquela mesma mesa, respirar o mesmo ar, sentir os mesmos rumores da madeira que se dilata e contrai, tornar a encontrar as mesmas temperaturas. Teria a possibilidade de se reaclimatar ao seu meio de origem. Penso em levá-lo de volta para onde ele esteve no passado.

3. Com a palavra, os objetos

Os objetos são matéria viva. Podem incorporar um valor comercial, mas também uma estrutura de relações sociais e um sistema de significações. Marx teorizou que, além do valor de uso, dado pela efetiva utilidade do objeto, existe um valor de troca determinado pelo seu preço e definido através da quantidade de trabalho nele depositada, isto é, da atividade necessária para a sua construção. Por esse motivo, reconhece neles uma história, um pensamento, aquilo que os projetou e construiu. Os objetos conquistaram uma alma que se esconde por trás da sua aparência pura.

Entre os séculos XVI e XVII, houve um processo de emancipação da função monetária dos bens que levou ao seu reconhecimento original, não mais como mercadoria exclusivamente de troca. Muitos deles mudam de estatuto, quer dizer, passam de mercadoria a objeto individualizado e, portanto, inalienável. Ainda que se possa imaginar que mesmo o mais precioso dos bens pode ser vendido em caso de necessidade. Alguns deles, como os tecidos preciosos, as pratarias, os artesanatos de acabamento especial, prestam-se mais a essa obra de "singularização" (Ago, 2006).

Na reflexão filosófica do século XX, encontramos outras considerações interessantes sobre a natureza dos objetos e sobre suas relações com as pessoas. Quatro grandes filósofos, Simmel, Bloch, Heidegger e Adorno, pensaram sobre alças, jarras, coisas e asas de vasos para compreender a essência do objeto e a experiência viva da corporeidade. Uma exigência de concretude que atesta uma escrupulosa atenção para com os objetos e a revelação dos múltiplos sentidos que eles escondem (Bodei, 2009).

Bloch escreve: "Se dizemos que um tecido é áspero, é, no fundo, um problema nosso. De fato, o tecido é áspero apenas para a pele, por 'si' mesmo pode até ser diferente, por exemplo, se tecido grosseiramente" (Bloch, 2007, p. 35).

O tecido é áspero porque entra em contato conosco, adquire essa característica em virtude de uma dimensão relacional. Por um lado, existe um tecido áspero, por outro, existe um sujeito que tende à manipulação do objeto. Se se interrompe essa relação específica, vem também a faltar a qualidade específica do tecido e do sujeito.

Porém, se vemos uma rosa vermelha, sua cor se torna uma qualidade. Não está mais ligada à nossa pele, mas existe independentemente da visão. A característica da rosa, com sua cor vermelha, vive independentemente de nós que a olhamos, de nós que a percebemos.

> Mas a coisa, cuja qualidade é a cor, que se chama genuinamente "rosa", na sua essência é realmente uma rosa? Uma reflexão ponderada provavelmente fará isso parecer menos incontestável. A rosa sabe que é uma rosa? (Bloch, 2007, p. 35)

Seria como dizer: uma entidade é, ou existe, apenas se tem consciência de sê-lo. Essa questão não é apenas, como diz Bloch, "um chiste do intelecto", mas fruto de um processo psicológico familiar às crianças, justamente porque elas conhecem a realidade apenas depois de terem atravessado e superado um estágio específico em que o outro, o objeto, é feito à própria imagem e semelhança. O animismo infantil indica que a criança confere a quase todos os corpos certa espontaneidade de

O mundo visto pelos objetos

movimento, como se todos fossem animados (Piaget, 1977). Isso traz à luz o fato de que, até determinado momento, a criança é incapaz de distinguir entre a própria atividade e o objeto para o qual é dirigida. A cadeira não é uma cadeira, mas a minha cadeira; a bola não é uma simples bola, mas a minha bola. É assim que os objetos absorvem o investimento psíquico delas. É também por isso que os objetos infantis frequentemente são antropomorfizados.

> Quando as criadas contam que, durante a noite toda, no celeiro, os espíritos jogam, uns na cara dos outros, os pedaços de madeira ali empilhados, o que mais excita as crianças é que a lenha esteja lá de novo pela manhã, como antes. [...] Desde sempre existe um sentimento de angústia em *ver as coisas somente no instante em que somos nós que as vemos*. [...] É preciso dar crédito à mesa, acreditar que ela seja sempre, necessariamente, uma mesa, que fique contente em ser sempre uma mesa – só por causa do lado visível que oferece ao olhar, e não somente quando a olhamos. O mundo como pura representação nos assusta de modo inteiramente natural, inteiramente pré-científico. (Bloch, 2007, p. 35-6)

Ficamos entre pensar as coisas exclusivamente como nossa representação ou considerá-las dotadas de vida própria: a mesa que deixamos sozinha em casa e que reencontramos na mesma posição quando retornamos teve a possibilidade de mudar inúmeras vezes de posição na nossa ausência. Se uma coisa não tem um significado funcional ou simbólico relevante para nós, é como se não existisse. Uma pedra no caminho, sem atributos simbólicos, sem uma utilidade, não existe.

> Frutas, rosas, bosques, no que diz respeito a seus materiais e a seus ciclos vitais, pertencem aos homens, mas a vela de estearina ou de cera, o belo armário de madeira ou de ferro, a casa de pedra, as brasas na estufa ou a incandescência da lâmpada elétrica fazem parte de outro mundo, um mundo que se inseriu, vez ou outra, dentro do humano. (Bloch, 2007, p. 36)

Tais coisas, que têm uma vida própria, que desenham um ciclo vital como o dos homens, pertencem a elas mesmas, não causam perturbação.

Bato à porta da pedra.

– Sou eu, deixe-me entrar.

– Não tenho porta – diz a pedra. (Szymborska, 1998)

As outras coisas que se insinuam em nossa vida, escondendo a vida delas, alimentam em nós fantasias, bem como aflições. Conhece-se apenas a fachada das coisas, seu lado complacente, na ilusão de que elas vivem para nós.

Após um naufrágio, Simbad, o marujo, encontra refúgio, junto de alguns companheiros, em uma pequena ilha cheia de frutas, árvores e caça. Mas, quando acende o fogo para assar a carne de um animal que havia caçado, o chão começa a tremer, as árvores se partem, e tudo é destruído. A ilha, na realidade, era o corpo submerso de um grande monstro submarino, o qual, despertado pelo fogo, começou a se agitar tanto que os marinheiros, juntamente com o próprio Simbad, foram engolidos pelas ondas.

Heidegger (2007), insistentemente, se pergunta: "Em que consiste o ser jarra da jarra?". Ele faz uma distinção entre o termo "coisa", que designa uma entidade autônoma, e "objeto" – isto é, matéria pura –, que extrai a existência a partir do ser percebido por nós. Há tempos o homem continua a pensar na coisa, mas jamais enquanto coisa; por exemplo, na jarra como uma entidade autônoma. Todas as coisas podem se transformar em objeto no momento em que as colocamos diante de nós. Heidegger identifica a tendência a considerar o objeto como uma entidade sem autonomia a partir do momento em que adquire a sua verdade ao existir diante de nós, que podemos olhá-lo e, portanto, representá-lo. Contudo, ele sustenta que é necessário renunciar a considerar a coisa apenas enquanto passível de representação e não dotada de vida própria. Ao referir-se a Kant, esclarece posteriormente o seu pensamento. O caráter "em si" é, para Kant, objeto sem qualquer relação com a representação humana. A jarra é uma coisa não enquanto objeto – extrai a sua existência a partir da sua capacidade de ser representação –, mas enquanto "coisifica".

O mundo visto pelos objetos

Quando deixamos que a coisa resida essencialmente no seu coisificar, com base no mundo que mundeia, então estaremos pensando na coisa enquanto coisa. Assim, "pensando em", deixamos que a essência mundante da coisa volte a nos olhar; assim pensando, somos tocados pela coisa enquanto coisa. (Heidegger, 2007, p. 65)

Normalmente, estabelecemos relação com os objetos através da função que Dewey chamou de reconhecimento. O reconhecimento, atividade do pensamento que recai no automatismo do hábito, faz-se possível por uma percepção já realizada de um objeto similar. Por outro lado, é diferente o contato com os objetos livres dos sedimentos da memória, quando se estabelece uma proximidade com os seus aspectos mais íntimos. Sensação que nos é restituída principalmente pela sua posse: é assim que se ativa uma maior intimidade com eles (Schwenger, 2006).

Seria possível dizer que só conseguimos sentir a coisa deixando a mente flutuar livremente e através da suspensão do processo secundário, isto é, da atividade do pensamento racional. Em Nápoles se diz que um objeto perdido, cedo ou tarde, "sai". Quer dizer, se se atinge o mesmo estado emocional e mental que determinou a perda do objeto, se se entra em contato com o pré-consciente, então é possível aproximar-se da alma do objeto e é possível juntar-se a ela. Isso quer dizer que o pré-consciente consegue sentir a parte mais emocional do objeto, como se redescobrisse a sua respiração. Está implícita uma característica do objeto que contempla o seu ser ativo, partícipe da vida, dotado de movimento, se esconde e reaparece.

Como diz Cacciari: "Ouve-se o nome ressoar por si, como 'ele mesmo', *in uno* com a coisa; não o nome enquanto *usado* para a definição da coisa na sua rede de relações, mas o nome enquanto som da própria coisa, *uno* com o dar-se da coisa" (Cacciari, 1994, p. 81). "Usado para a definição", quer dizer, uma coisa que significa é o próprio ser da coisa, não apenas em relação a nós que lhe damos significado e vida.

É preciso renunciar ao constante impulso de buscar a essência por trás da aparência, as origens que pretendem fundar o ser. "Tudo está diante dos olhos, escancarado. Não existe mais origem ou fim que adore se esconder; ou melhor, ao mesmo tempo que se esconde, mostra-se e deixa-se ver. A essência já está na aparência da coisa" (Vitale, 1998, p. 80).

Tudo aparece diante de nós. Origens e significados que imaginamos escondidos nos objetos se revelam constantemente. A essência das coisas está no que está aparente. O sentido da sua existência está no seu ser no mundo. Nada mais. O resultado desse enfrentamento entre mundo interno e realidade externa não vê nenhum primado alcançar existência concreta. Duas existências permanecem no mesmo nível. E então, uma pedra no meio do caminho é simplesmente uma pedra no meio do caminho. Um ramo seco caído de uma árvore é um ramo seco caído de uma árvore, e só.

No *Livro do desassossego*, Pessoa fala das coisas mínimas, que não têm qualquer importância social ou prática, e exprime nas suas relações o próprio amor. Essas coisas mínimas suscitam nele a sensação de estar na presença de algo que vive livre, independente, uma vez que outra coisa não é senão aquilo que é.

As coisas vivem de vida própria, redimensionam ou anulam a pretensão de que elas existem porque nós existimos antes delas.

Não nos submetemos à vida das coisas, à sua irritante autonomia; as coisas estão ali, observam-nos e dizem-nos que são, independentemente de nós, vivem por si mesmas. É verdade, podemos manipulá-las, escondê-las, quebrá-las, decorá-las, mas elas são algo além do que queremos delas mesmas. São o testemunho mais evidente dos limites humanos, atacam a nossa onipotência.

> Para nós é difícil ver uma mudança de um contexto "coisal" como indutor, moderador ou silenciador de estados de espírito: no máximo, pensamos em uma projeção de estados internos sobre os objetos. Ao fundo, aparece uma imagem "ptolemaica", antropocêntrica dos acontecimentos, inoxidável à corrosão do tempo. Para além das palavras sensatas e complacentes, sempre está o orgulho do homem a mover o mundo: é difícil aceitar sua escala macroscópica, microscópica e, mais ainda, sua escala humana, que faz parte de um contexto que nos inclui, mas que também é independente de nós. (Panizza, 2006, p. 54)

O mundo visto pelos objetos

Existe algo de obscuro, de indizível, de não representável nas coisas que vivem independentemente de nós, mas que estão entre nós. De uma natureza que segue o seu curso assim que negligenciamos nosso controle. Sentimentos bem expressos no desestruturante freudiano.

> Observando as coisas com toda simplicidade, ingenuamente: o que "fazem" as coisas sem nós? Que aspecto tem o quarto que abandonamos? O fogo arde no aquecedor à lenha, ainda que nós não estejamos lá. Portanto, nesse ínterim, poderá perfeitamente ter continuado a arder, nesse ambiente que está aquecido. Mas não é tão certo, não está claro o que o fogo fez antes, o que os móveis fizeram durante a nossa ausência. Difícil comprovar alguma hipótese, tanto quanto é difícil refutar outras, mesmo fantasiosas. Bem: os ratos dançam ao redor da mesa, mas o que ela fez ou foi nesse intervalo? (Bloch, 2007, p. 35)

Kafka (1970) conta sobre as discussões em torno da origem de uma palavra, *"Odradek"*, discussão envolvendo também a compreensão de seu significado. Ninguém perderia tempo estudando tal questão, não especialmente importante por si mesma, não fosse pelo fato de que *Odradek* existe, de fato. É uma espécie de carretel em forma de estrela, recoberto de linha; na verdade, são apenas uns pedaços soltos e também embolados que o revestem. Supõe-se que, certa vez, esse objeto tenha tido uma forma lógica, reconhecível, mas existem muitas dúvidas a respeito. Caminha sobre duas pernas franzinas, é ágil o suficiente para impedir que seja capturado. Perambula pelo forro, sobe e desce as escadas, aparece e desaparece, às vezes por muitos meses. Em algumas ocasiões, apoiado no corrimão de entrada da casa, fica ali como se pedisse para conversarmos com ele. Respostas jamais chegarão.

Kafka considera que qualquer coisa, uma vez finalizada a sua atividade e alcançada a sua meta, fica exausta e pode morrer; mas não parece ser o caso de Odradek. Um dia poderia rolar pelas escadas, perder os fios que o cobrem, tropeçar nas pernas de quem estiver vivendo naquela casa depois de muito tempo, quando lá estiverem, os filhos dos filhos dos filhos.

Os objetos mostram ter vida própria e nos levam à reflexão de que nós mesmos somos coisas em meio a coisas. Eu também sou uma coisa? Então descubro ser uma coisa. A questão heideggeriana da coisa, além de dizer respeito aos objetos, também me diz respeito.

Em uma gaveta, entre cartas e papelada de todo tipo, existe um antigo punhal, forjado em Toledo no final do século passado; tem uma lâmina cortante que, obediente, desliza em sua bainha. Já matou e ainda quer matar, deseja realizar seu sonho perene. Querendo mostrar-se, convoca a mão para que o levante. Às vezes, sua impassível ou inocente soberba causa pena, com o transcurso inútil dos anos (Borges, 1984).

Como a história da xícara sem asa (Böll, 2002), que, ao fim de um longo percurso, encontra-se sobre o peitoril de uma janela e vai lentamente sendo preenchida pela neve. Alguns pardais em busca de umas tantas migalhas ali caídas ao acaso ficam em volta, colocando em perigo sua incolumidade: poderia cair ruinosamente sobre o cimento, abaixo, partir-se em mil pedaços, ser jogada no lixo. Tem 25 anos, fez sua primeira aparição sob uma árvore de Natal. Uma idade admirável, considerando-se que não passou seus dias no recesso de uma cristaleira. Única sobrevivente de uma numerosa família, o pai era um prato de doces; os irmãos, duas xícaras e três pires. Logo foram separados: a irmã morreu no primeiro ano, no dia de Santo Estêvão, ao despencar da mesa. Tiveram de se separar. O pai ficou ali, enquanto ela, com a mãe e dois irmãos, embrulhados em folhas de jornal, foram para o sul. Em Roma, teve a sorte de ficar em companhia de um antropólogo, que fazia pesquisas nas termas de Caracala; uma experiência assaz interessante. Nessas longas jornadas, ficava em companhia de uma garrafa térmica. Julius, seu dono, frequentemente a usava também para tomar conhaque. Depois da estada na Itália, foi levada a Munique, onde muitas mãos a usaram, mesmo de maneira imprópria, porque até vinho bebiam nela. Foi durante uma mudança para Hamburgo, porque não estava bem empacotada, que perdeu a asa. A essa altura, Julius pensava em jogá-la fora, mas foi

O mundo visto pelos objetos

impedido por sua companheira. "Julius, você quer mesmo jogar fora a xícara, esta xícara?" Julius enrubesceu e se desculpou, assegurando-lhe que não o faria. Teve a vida salva, mas virou o receptáculo do sabão de barba. Um destino de fato odioso para uma xícara com origens tão importantes.

Na sacada, onde agora está exposta ao frio, ouve gritos vindos do quarto. É Julius, muito zangado, quem grita; a certa altura, abre a janela e a pega com força. É preciso ser uma xícara para saber quão terríveis são aqueles instantes, quando se sente que se pode ser arremessado contra a parede. Tudo se aquieta e, assim, no calor do lar, pode voltar para uma prateleira, reencontrando a companhia que havia deixado.

Existe uma vasta gama de objetos: objetos amigos e cheios de afeto, objetos raros e difíceis de compreender, objetos hostis, perseguidores, a se evitar. Dos afetivos falou-se bastante: desde o nascimento, acompanham-nos em nossa vida, constituem a base mais sólida de nossa memória, sobrevivem a nós, às vezes conseguindo, com a sua presença, acompanhar as pessoas que nos são caras.

A vizinhança do mundo material é própria da infância e se perde progressivamente com a idade adulta: provavelmente porque a confusão de fronteiras entre o Eu e o mundo físico, própria da infância, faz com que as coisas estejam em estreita continuidade com o *self*, sem limites e distinções. Quando, no processo evolutivo, estabelecem-se as primeiras separações, que continuarão vida afora, lançam-se as bases para o processo de individualização. Na separação do outro, começa-se a constituir a alteridade, mas também a angustiosa sensação da própria unicidade e o calafrio da própria solidão no mundo.

Searles sustenta que em cada um de nós existe a tendência de projetar em outros homens, ou melhor, grupos de homens, o que é *menos-do-que-humano* em nós. Fazemos isso com grupos étnicos diferentes do nosso, com os adeptos de outras religiões, com os pacientes de doenças mentais etc. Na verdade, tais dinâmicas projetivas escondem a angústia de que podemos nos fundir com o ambiente não humano.

> Uma segunda manifestação de tal angústia é detectável, creio, no prazer que experimentamos ao usar figuras retóricas – metáforas, comparações, analogias, e assim por diante –, nas quais se conferem qualidades humanas a uma criatura não humana ou a um objeto inanimado, ou nas quais são atribuídas características não humanas a seres humanos. (Searles, 2004, p. 97)

A metáfora torna o mundo material mais próximo, amigável, familiar. Confunde-se com as ideias, faz-se porta-voz dos conceitos, das abstrações de nossa mente. Todavia, segundo Bachelard, a metáfora não pode sustentar a onerosa tarefa de se constituir como representante do estudo fenomenológico. A metáfora é, no máximo, uma imagem fabricada, privada de raízes profundas, verdadeiras e reais; resta apenas uma expressão efêmera. A da gaveta de Bergson tem essas características, enquanto ele se valeu dela para afirmar a insuficiência da filosofia, da falta de expressividade do conceito abstrato. Os conceitos são gavetas que servem para classificar conhecimentos. Mas a metáfora não une a realidade com a realidade pessoal, íntima.

Assim aparece na pesquisa apaixonada de Frances Yates (2007). Seguindo a mesma linha de Cícero no seu tempo, o "teatro" metafórico, com suas arquibancadas e divisões, constitui o objeto ideal para guardar em cada uma delas a memória de um objeto e de um evento, de um conceito.

> O armário e suas prateleiras, a secretária e suas gavetas, o escabelo e seu fundo falso são verdadeiros órgãos da secreta vida psicológica. Sem esses "objetos" e alguns outros da mesma forma valorizados, nossa vida íntima careceria de um modelo de intimidade. São objetos mistos, objetos-sujeitos, têm, como nós, através de nós, para nós, uma intimidade. (Bachelard, 1975, p. 103)

VI. NA MODERNIDADE

1. OBJETOS E CONSUMISMO

Uma análise pormenorizada dos objetos capacita um observador atento a recuar à sociedade que os gerou, identificar o sistema cultural e produtivo que aquela específica sociedade proporcionou para satisfazer as exigências e os desejos das pessoas. Não apenas no sentido sincrônico, fazendo um paralelo entre as diversas organizações sociais, mas também no diacrônico, refazendo os percursos evolutivos de uma sociedade específica.

Os objetos são um indício privilegiado nessa pesquisa: alguns aparecem como sinais de uma época, as suas funções estão dissipadas ou bem pouco entendidas, outros estão integrados em novas utilizações e se tornam o espelho de necessidades emergentes.

> Em toda cultura, são atribuídos significados às coisas. Por meio da produção, do uso, da troca, da acumulação, da distribuição e do consumo de objetos, a sociedade define e redefine o seu sistema simbólico: significados, valores, definições sociais da realidade são criados, confirmados ou minados. Uma análise dos significados simbólicos atribuídos às coisas fornece informações gerais sobre a estrutura e as características do sistema social como um todo. (Leonini, 1988, p. 200)

A sociedade contemporânea oferece o melhor exemplo da íntima ligação existente entre o funcionamento social e produtivo e a vida dos indivíduos. São precisamente os objetos que funcionam como um zíper entre a sociedade e o sujeito, em recíproca interação. Hoje, os indivíduos são constantemente pressionados a ir atrás de novas oportunidades, mediante o uso e a posse de objetos sempre substituídos por mais novos. E isso determinou mudanças significativas na vida das pessoas e produziu uma ampla difusão de modelos comportamentais homogêneos, sem barreiras e sem limites.

A partir da década de 1960, quase há meio século, a presença dos objetos na vida cotidiana das pessoas mudou radicalmente, com uma incidência particularmente significativa sobre o seu mundo interno. Desses aspectos nos ocuparemos mais tarde, mas, por ora, pode ser útil voltar às primeiras reflexões sobre o nascente fenômeno do consumismo.

Analisando a orientação dos novos processos produtivos, a partir da produção e do consumo de massa de bens materiais, Marcuse (1967) quis levar em consideração o impacto dos aspectos econômicos e sociais sobre a individualidade. Na sua implacável análise da contemporaneidade, sustentou que as pessoas encontram sua alma no automóvel, no toca-discos *hi-fi*, na casa de dois andares, nos eletrodomésticos cada vez mais refinados. A mercadoria representa o principal instrumento ideológico para uma sociedade "unidimensional". Possuir um objeto particular torna-se indispensável para possuir a si mesmo, isto é, possuir uma identidade própria. Realiza-se uma espécie de mutação antropológica, descrita com grande eficiência por Perec.

> Visitaram os grandes magazines, por horas inteiras, encantados e já sobressaltados, mas sem ainda ousar confessá-lo, sem ainda ousar enxergar no rosto aquela espécie de sanha mesquinha que estava prestes a se tornar o destino deles, a sua razão de ser, a sua palavra de ordem, encantados e já quase cobertos pela vastidão das suas necessidades, pelas riquezas exibidas, pela abundância oferecida. (Perec, 2011, p. 28)

Um processo mistificador em que a tensão direcionada ao consumo não se esgota, antes alimenta a frustração, a qual novamente impele ao consumo. Busca-se resolver uma incerteza ontológica mediante outros consumos, seguindo uma espiral que não tem fim. Objetos específicos, mais em geral os bens, entram em um processo contínuo de dessemantização e de ressemantização. A publicidade é o principal agente dessa dinâmica e é a primeira responsável pelo seu desgaste e envelhecimento.

O consumo é uma atividade sistemática dos signos: um objeto deve se transformar em uma entidade sem coerência, abandonar a própria concretude, tornar-se sintônico e homogêneo com outros objetos signo. É, portanto, consumido enquanto ser signo, mais do que em sua materialidade (Baudrillard, 1972).

Encontramo-nos em pleno clima cultural da modernidade. Jamais na história da humanidade os objetos ascenderam a atores principais de um processo econômico e social, tornando-se, assim, infiltrados na intimidade das pessoas.

> A história mais recente pode ser assim contada: a produtividade do nosso sistema econômico cresceu mais do que aumentou a população e, ao menos dos últimos 25 anos até o momento, o problema não é satisfazer as necessidades da população, mas o inverso, encontrar uma população que satisfaça as necessidades da economia. As quais não são mais, claro, aquelas ligadas à produção, mas ao consumo, e até ao extremo oposto semântico da produção, isto é, à destruição, entendida como eliminação dos resíduos e de todos os excedentes que o sistema produz. (Laffi, 2003, p. 120)

Ao mesmo tempo condição e resultado desse fenômeno é a enorme abundância de bens, a transbordante produção de mercadorias. Ainda que apanágio de apenas uma parcela da população mundial, esse eflúvio de objetos ecoa em todos os cantos do mundo.

Não existe mais um produto raro, mas a percepção oposta é constante, a da abundância. A produção em massa claramente cortou a ligação entre os objetos e a sua singularidade, como objetos únicos. Todos viraram cópias, e o original se dispersou. Na obra de Andy Warhol, esse fenômeno está bem representado na reprodução da mesma imagem, idêntica, uma colocada ao lado da outra: uma representação eloquente da serialização dos produtos e da sua inesgotabilidade.

Não existe, porém, uma identidade estreita entre abundância e consumismo. A fartura dos objetos produzidos não define automaticamente o fenômeno do consumismo. A abundância sempre existiu e foi também tenazmente buscada por sujeitos pertencentes a algumas classes sociais e por algumas figuras específicas.

> Sempre se comprou, possuiu, fruiu, gastou, e, no entanto, não "se consumia". As festas "primitivas", o luxo burguês do século XIX, a prodigalidade do senhor feudal não eram consumo. (Baudrillard, 1972, p. 251)

O consumismo tem características muito mais específicas do que a simples abundância e o uso dos produtos, em sentido estrito. No centro de tudo, existem objetos que, nesse breve lapso de tempo, têm sofrido uma rápida transformação, seja quanto a seu uso, seja quanto ao signo que representam.

Marx previu o que veio a se realizar mais tarde, muito tempo depois, uma vez que as suas considerações sobre o destino dos objetos-mercadoria já eram visíveis na produção em massa e na abertura dos mercados da primeira industrialização.

Descontextualizados, os objetos assumem um caráter álgido e independente, estão alienados de sua natureza específica e do conjunto das relações que os produziu. Apresentam-se como o outro, como "fetiches". O termo indica uma perversão, uma devoção "desviada", uma afeição pela concupiscência de natureza econômica ou sexual dirigida a algo que "não tem nada a ver". Um sentimento que é sintoma de uma alienação (La Cecla, 1998).

A tecnologia condensa uma multiplicidade infinita de experiência, a qual se substitui à nossa. Os objetos tornam-se uma condensação de saberes e de experiências. A nós, se tudo correr bem, cabe somente o último ato, o de apertar um interruptor para ligar uma experiência incorporada no objeto, o qual nós jamais poderíamos possuir (Jedlowski, 2005).

No passado, os indivíduos consideravam os próprios objetos primeiramente como "bens", parte integrante de um patrimônio pessoal. Para aquela geração ainda não marcada pelo consumismo, a aquisição de um objeto era o resultado-signo do próprio trabalho, do esforço necessário para a sua aquisição. Não está distante o tempo em que a aquisição de uma sala de jantar ou de um automóvel era o coroamento de um longo esforço econômico; a vida era vivida segundo as normas puritanas do esforço e da consequente recompensa e, quando os objetos eram conseguidos, conquistados, tornavam-se libertação do passado, resgate simbólico da indigência, segurança para o futuro. À custa de não ultrapassar os limites dos próprios meios, gerações inteiras acabaram por viver abaixo de suas possibilidades. Trabalho, mérito pessoal e acumulação são virtudes de uma era que encontra o seu ápice em um conceito de propriedade ainda sensível aos objetos que a testemunham.

O paradigma clássico considerava os bens constantemente relacionados ao seu esgotamento. A ausência de imediata disponibilidade era a condição para que eles se transformassem em algo de desejável e de comercializável. Os indivíduos e a comunidade tornavam-se seres necessitados de objetos e de bens, cuja raridade suscitava um desejo continuamente insatisfeito (La Cecla, 1998).

Se, durante os séculos passados, as gerações se sucediam em um ambiente estático de objetos que sobreviviam a elas, hoje são as gerações de objetos que se sucedem em um ritmo acelerado no âmbito de uma mesma existência individual (Baudrillard, 1972). São possuídos antes de serem conquistados, precedem a soma dos esforços e de trabalho necessários ao seu uso: segundo uma convincente lógica consumista, a fruição vem antes da produção dos recursos necessários à sua realização.

> Se, no passado, a propriedade vinha antes do uso, hoje é o contrário, uma vez que a extensão do crédito traduz, entre outros aspectos definidos por Riesman, a passagem progressiva de uma civilização do açambarcamento a uma civilização da prática. O consumidor "a crédito" aprende aos poucos a usufruir do objeto com plena liberdade, como se fosse o "próprio". Frequentemente, o período em que se efetua o pagamento é praticamente o mesmo em que o objeto é usado: o "prazo de validade" do objeto está ligado à sua decadência. (Baudrillard, 1972, p. 200)

Os objetos e a vida

Não se tem mais qualquer responsabilidade patrimonial em relação aos objetos: simplesmente nos servimos deles, assim como rapidamente os liberamos. Por isso, torna-se necessário adquiri-los repetidamente, substituir por um mais novo todo ano. O sentido que assumem, o projeto que encarnam, o futuro para o qual se inclinam mudam completamente a partir dessa perspectiva.

Assim ensina a história de Rico, contada por Richard Sennett (2000). Rico é um próspero homem de negócios, com um considerável capital ganho num curto espaço de tempo; viaja sempre a trabalho e com frequência muda de cidade para suas atividades. Encontra no avião que o leva a Paris um velho conhecido, que leciona na universidade e, no passado, morava nos andares altos de seu prédio. Rico, contudo, é filho do porteiro. Recordam juntos quanto o pai havia trabalhado para separar o dinheiro para comprar a casa em que viviam. Objetivo de uma vida, para entrar na posse de um bem que testemunhava um projeto de existência e manifestava toda a tensão necessária para a sua realização. O limite era dado pela capacidade de produzir, pela posição no mundo do trabalho, pelo tempo disponível, e assim por diante. É de se perguntar quem é mais rico, Rico ou seu pai. Este último, com um modesto bem, um apartamento que se tornou parte dele mesmo, reconhecimento e extensão de sua pessoa, ou então Rico, que tem recursos financeiros muito altos, adquiridos rapidamente, mas não solidificados ao longo de um projeto de vida.

É o próprio conceito de riqueza, que se reflete na posse dos bens, que sofre uma profunda metamorfose. De signo de trabalho e sacrifício, ao de habilidade pessoal para saber desfrutar os recursos disponíveis.

Nessa história, outro aspecto também é abordado. Nas atuais compras a crédito, muito difundidas nos países ricos e industrializados, mas em via de expansão também nos países emergentes, o problema do limite assume uma nova configuração. Esta é constituída por uma entidade abstrata, oferecida pelo limite mensal do cartão de crédito ou por aquele estabelecido pelo banco ao qual se pede crédito. Assim é que o limite tende a se deslocar cada vez mais para diante, e não mais é dado pelo dinheiro que concretamente se possui. Tudo

Na modernidade

isso propicia uma aceleração do consumo e o deslocamento de limites cada vez mais para adiante; um convite para ultrapassar os limites, dentro dos quais estão circunscritos os próprios recursos, e para indicar outros limites, os ditados pelas instituições de crédito, muitas vezes não compatíveis com as próprias possibilidades.

São dinâmicas que encontram suas raízes exclusivamente em um mundo feito de bens e de objetos abundantes e de necessidades reais constantemente excessivas. Por definição, o universo dos desejos não tem limites. E o passo para entrar na posse de um objeto desejado é sempre indicado como muito curto, instantâneo. A culpa é exclusivamente sua se não conseguir entrar na posse daquele objeto, porque a publicidade nos diz que está à disposição de todos, basta querê-lo. A ausência de sua posse atesta uma incapacidade, uma limitação da pessoa, e não um limite realista dos recursos possuídos.

Na produção em massa existe um projeto mais ambicioso que pretende realizar uma espécie de transformação do mundo. Com a produção em série e com a distribuição sem limites, os objetos produzem um discurso universal. Será possível o entendimento entre pessoas que falam diferentes línguas, os próprios objetos falam uma língua universal.

Bandeiras tranquilizadoras, portadoras de uma familiaridade que não tem limites, tornam o novo muito mais próximo. Essa uniformidade homologadora torna possível suportar o trauma da diversidade, do choque cultural causado pelo encontro com a diversidade ou com a estranheza. A familiaridade é dada pela experiência que se tem das coisas, mesmo que nunca as tenhamos encontrado. Já sabemos como foi feito o Partenon ou a Muralha da China; quando ficarmos diante deles, descobriremos algo que já nos é familiar. Mais do que uma percepção, torna-se uma lembrança tranquilizadora. Depois vem a experiência verdadeira com os ruídos, os odores, a consistência.

Tais objetos universais, encontrados em cada canto do mundo, tendem a uniformizar os espaços ainda que originalmente tão diferentes, transformam as nossas representações dos lugares até afetar a relação que temos com a realidade.

Os objetos e a vida

O mundo torna-se uma aldeia para grandes massas de pessoas que encontram disseminados por toda parte os mesmos objetos, os quais, uma vez redescobertos, alimentam um culto da familiaridade em territórios estrangeiros. Caminhando por Bogotá, por Beirute, por Riga encontramos Benetton e McDonald's.

> Em suma, o lixo de que falava Ricoeur em uma pioneira e duríssima crítica à estética da globalização: por toda parte, em todo o mundo, os mesmos filmes terríveis, os mesmos horrores de plástico e de alumínio, a mesma distorção da linguagem através da propaganda e da publicidade, típicas de uma "Civilisation pacotille"*. (Rigotti, 2004, p. 86)

Os objetos não têm mais uma pertinência específica, não são mais de um lugar, mas de todos os lugares em que estão inseridos, onde se adaptam perfeitamente à lógica do "não lugar" (Augé, 1993). Idênticos a si mesmos, são encontrados em ambientes inimagináveis, não têm mais necessidade de um contexto cultural homogêneo, descansam, imperturbáveis, em qualquer espaço, e propõem a si mesmos como não objetos.

2. METAMORFOSES DOS OBJETOS

No passado, quando se fazia compras, era necessário carregar uma sacola para levar as compras para casa. Para comprar legumes, açúcar, farinha, levava-se para o comerciante os saquinhos de pano, dentro dos quais ele punha os legumes, o açúcar, a farinha. Para comprar óleo levava-se a garrafa, assim como para o vinho levava-se o garrafão. O produto comprado passava do recipiente do comerciante

---

* Do francês, "civilização de má qualidade, lixo". (N. E.)

para o seu; como se expusesse a própria essência, a evidência do seu ser e, dessa forma, entrasse em casa, onde era mantido sempre na mesma vasilha: o feijão, na do feijão, a farinha, na da farinha, e assim por diante. É como se, uma vez em casa, colocados onde deveriam encontrar acolhida, se aclimatassem e se inserissem no círculo familiar.

Hoje nos encontramos diante de embalagens que contêm outras embalagens, revestimentos muitas vezes mais procurados do que os objetos que eles revestem. Estranheza ampliada pela distância interposta entre o coração do objeto e o seu potencial consumidor. Vence a forma sobre o conteúdo, desde o momento em que não é o objeto que tem mais importância, mas a forma pela qual é apresentado.

> Atualmente, existe a tendência de multiplicar os objetos que servem para organizar outros objetos: caixas, gavetas, cestos, vasilhas. Isso não faz mais que complicar as coisas e, algumas vezes, isolar os objetos e nos isolar deles. (Eiguer, 2007, p. 57)

Objetos que não podem ser vistos em sua nudez, que têm necessidade de cobertura, de "roupas", de acessórios que fazem as vezes de base ou suporte, que enfatizam suas prerrogativas. Embalagens que retardam o uso do objeto e que se tornam, elas próprias, objetos de uso e de estima.

Assim, os recipientes se multiplicam e assumem formas cada vez mais pretensiosas; às vezes têm um volume duas ou três vezes maior do que os produtos que contêm. Um simples cartucho para impressora está envolto em um pequeno saco de plástico, a vácuo, que impede a tinta de secar; esse saquinho, que tem a dimensão do próprio cartucho, está inserido em uma caixa de plástico rígido, que tem uma dimensão três vezes maior do que o cartucho e uma aba plana que permite que a embalagem toda seja pendurada para exposição. Ter acesso ao objeto é complicado, e os resíduos restantes dele comportam mais trabalhos suplementares.

Para poder abrir caminho entre a enorme quantidade de produtos, para conquistar um espaço nas prateleiras de uma loja ou de um supermercado, os objetos devem assumir um caráter sedutor e, em tais casos, adotar a roupagem que pode ser útil também ao narcisismo de quem os compra.

> Não é a realidade que conta, mas sua história sedutora, não quem faz as coisas, mas quem, com o *design*, o acondicionamento, a imagem e a publicidade as elimina, vendendo-as. (Laffi, 2003, p. 123)

O mesmo acontece com as caixas de chocolate: uma embalagem grande, que absolutamente não sustenta as promessas, antes as trai, pela miséria do que contém.

E não só: objetos desejados que correm o risco de se tornar objetos hostis.

> As etiquetas dos produtos estão cada vez mais detalhadas, mas, para 99% da população, não permitem compreender nada – há anos se escrevem nomes de venenos que todos ignorávamos como tais –, a certificação de qualidade não garante, de fato, a qualidade de bens e de serviços (mas apenas o respeito a datas de procedimentos no processo produtivo), o código de barras dirá tudo ao leitor ótico, mas nada a meus olhos, os números telefônicos de atendimento ao cliente são entregues em *outsourcing* a um *call center*, cujos jovens são tudo, menos especialistas naquilo para o que foram chamados a responder, a publicidade está cada vez mais emotiva e ideológica. (Laffi, 2003, p. 7)

As etiquetas dos alimentos são também enigmáticas e enfatizam nossa presumida ignorância. Ou alimentam um espírito paranoico em quem faz uso deles: nesses casos, o objeto pode se transformar em maléfico, portador de males potenciais. Ou o objeto é o objeto poderoso que sabe muito mais do que nós somos capazes de saber. Como as enormes potencialidades dos aparelhos tecnológicos que nos indicam a nossa substancial ignorância e incapacidade: nós damos a você a possibilidade infinita, você colhe apenas aquelas mais simples e banais.

> Estudei as pessoas enquanto cometem erros, às vezes erros graves, com aparelhos mecânicos, interruptores e válvulas, sistemas

informacionais e programas de elaboração de texto, até com aeronaves e centrais nucleares. Invariavelmente, sentem-se culpados: ou procuram esconder o erro, ou se acusam de "estupidez" ou "imperícia". Frequentemente, é difícil para mim obter a permissão para observar: não agrada a ninguém ser visto durante uma execução medíocre. Faço notar então que o projeto é defeituoso, e outros também cometem o mesmo erro. Todavia, se a tarefa parece simples ou banal, as pessoas continuam a se culpar. Para elas, é como se fosse um orgulho perverso considerar-se incompetente no mecanismo. (Norman, 2005, p. 53)

Tempos atrás, comprei um videocassete de uma boa marca. As instruções são complicadíssimas, com termos emprestados do inglês, incompreensíveis até para quem conhece a língua. As partes sobre funcionamento são precedidas de muitas páginas sobre as normas de segurança – imagino que ninguém jamais as tenha lido –, as quais pulei com os dois pés, procurando desesperadamente por informações úteis para colocá-lo em funcionamento. Informações escassas e pouco compreensíveis me deixaram incomodado; procurei manter a calma e adiar toda a operação para o sábado seguinte, na ilusão de que mais tempo disponível me garantiria uma compreensão melhor; mas não foi assim.

> Irving Biederman, um psicólogo que estuda a percepção visual, calcula que existam, provavelmente, "30 mil objetos imediatamente identificáveis pelo adulto". Qualquer que seja o número exato, é claro que as dificuldades da vida cotidiana aumentam pela pura e simples multiplicação de artigos. Suponhamos que cada um dos objetos de uso cotidiano requeira apenas um minuto de aprendizagem: aprender sobre 20 mil objetos ocupa 20 mil minutos, que dão 333 horas, isto é, por volta de oito semanas de trabalho de 40 horas cada. Além disso, muitas vezes encontramos inesperadamente objetos novos, quando estamos ocupados com alguma outra coisa. Ficamos confusos e distraídos, e aquilo que deveria ser uma simples coisa cotidiana, que não requereria qualquer esforço, interfere, contudo, na tarefa importante naquele momento. (Norman, 2005, p. 23)

Os objetos e a vida

Enzo Tortora, Silvio Noto e Renato Tagliani conduziram o programa de TV *Telematch*, que tinha o jogo *"O objeto misterioso"*. Cada semana, em uma movimentada praça italiana, as pessoas eram convidadas a identificar um objeto ou parte de um objeto maior. No clima de explosão de novos objetos, de equipamentos tecnológicos desconhecidos até aquele momento, o jogo do objeto misterioso prendia toda a atenção das pessoas. A resposta correta chegava tarde, muitas vezes depois de algumas semanas e depois de inúmeros telefonemas de pessoas que procuravam ganhar o prêmio oferecido.

De fato, tratava-se de uma pesquisa no mundo das coisas, onde o desconhecido, o inexplorado, o perturbador tornava-se conhecido e familiar. Estamos no alvorecer do consumismo, estava se manifestando a explosão de mercadorias que nos acompanha hoje no cotidiano. Era um momento em que as coisas ainda tinham uma dignidade de objeto, mas começavam a ser atacadas por milhares de outras coisas muito mais sedutoras e cativantes.

> Sentindo-se profundamente culpada, a cor celebra sua libertação muito tarde: os automóveis e as máquinas de escrever levarão algumas gerações antes de deixar de serem pretas, as geladeiras e as pias, ainda mais tempo antes de não serem mais brancas. (Baudrillard, 1972, p. 41)

Os calçados se libertaram de suas formas usuais de sapato. Muitos outros objetos tiraram suas roupas superegoicas e tomaram o caminho do prazer da aparência. De objeto útil a objeto de prazer. A forma não dita mais a função do objeto, mas, através de linhas as mais variadas e improváveis, torna um objeto agradável aos olhos de quem poderia usá-lo. São aprimoradas as potencialidades para dar prazer, mostrando uma forma estética que torna mais ameno e atraente o seu uso.

São aumentadas as características que podem vir em socorro do narcisismo das pessoas. Assim, podem fazer um investimento a mais em certos objetos, idealizando-os, considerando-os portadores de bem-estar: por meio de sua posse, aumenta-se o próprio valor pessoal. As salas de estar refinadíssimas, exibidas em algumas

Na modernidade

propagandas de televisão, povoadas por elegantes mulheres em trajes de noite, por homens atraentes, também com roupas caras, desenham um universo de poucos: um mundo idealizado do qual a esmagadora maioria das pessoas não pode se aproximar. Um cenário diferente daquele de todo dia, no qual a maior parte das pessoas vive. Um mundo-fetiche, descontextualizado da vida diária de todos. E esses ambientes criam homens e mulheres-fetiche, que consomem um banalíssimo copo de licor.

O valor do objeto segue as oscilações da autoestima da pessoa: objetos poderosos, sujeitos poderosos, objetos desvalorizados, pessoas desvalorizadas, sempre seguindo uma lógica da aparência e da ficção.

Ocasionalmente, instaura-se uma verdadeira retórica dos objetos. Uma superabundância deles que, de modo enfático, circunda o que quer ser apresentado: aí, a alameda ajardinada estaria bem pouco definida se permanecesse assim, por isso é preciso cercá-la de tijolinhos vermelhos, dispostos obliquamente no chão, que parecem atestar: esta é uma alameda. Objetos que criam redundâncias de significados: o vaso tem um porta-vaso, o porta-vaso tem um pratinho embaixo, o pratinho fica em cima de um caminho de mesa, tudo disposto como uma peça única, no centro de uma mesinha. Em qualquer contexto social, os objetos desenvolvem a função de tornar visíveis as diferenças de *status* entre as pessoas, o desperdício e o consumo descarado têm um papel importante para confirmar a estrutura de poder, os significados e valores dominantes (Leonini, 1988).

> Parece-me útil fazer uma observação acerca da publicidade, uma vez que é relevante nesta discussão. Qualquer que seja a eficácia da publicidade ao garantir sucesso de um produto particular, parece que as modalidades atuais de representação na publicidade (em particular na televisão) colocam em ação certa estratégia. Ela consiste em pegar o que é perfeitamente comum, um produto de massa, econômico, até decadente, e fazê-lo parecer, de um modo ou de outro, desejável, além de procurado. Bens absolutamente comuns são colocados em uma zona que é uma espécie de pseudonicho, como se não pudessem estar disponíveis, porque ninguém pode pagar aquele preço.

Os objetos e a vida

A imagem social difundida que cria essa ilusão de exclusividade poderia ser interpretada como o fetichismo do consumidor, muito mais do que do produto. (Appadurai, 1986, p. 55-6)

Pobre do consumidor. Os objetos, dotados de vida própria, usam-nos para se multiplicar e se espalhar, reduzindo notavelmente a nossa capacidade de controle. O consumo, que outra característica não tem senão a da incessante repetição de consumir, expropria a pessoa da própria energia mental e física. O sujeito não está mais em relação com as próprias necessidades, mas se encontra atado à mensagem peremptória e asfixiante de consumir (Inghilleri, 2003). Tristeza ao consumir, saudade do objeto.

> Em pouquíssimos anos – de 1979 a 1981, digamos –, os fliperamas desapareceram. Nos bares, por um tempo, ficou vazio o canto a eles reservado... depois, aquele espaço foi preenchido de outro modo. Agora, os fliperamas são uma lembrança bastante dilacerante do passado. (Virno, 1998, p. 47)

Jogava-se no fliperama descansando o cigarro aceso na parte direita do vidro, com o filtro projetando-se para fora, que, por causa dos movimentos muito rápidos, rolava, até cair no chão. Tentava-se orientar a trajetória da bola com leves sacudidas, mas era preciso atenção com golpes fortes demais, porque o "tilt" fazia perder a bola. Jogadores sempre em maior número em relação às máquinas disponíveis, observadores participantes, posicionados atrás de quem jogava, que, com o deslocamento do corpo, buscava orientar a trajetória da bola. A função dos fliperamas foi privatizada pelos computadores, pelos *game boy*, pelos jogos no celular, todos numa dimensão solitária.

> Antes de nos aproximarmos da "grande transformação", que nos pegou despreparados e bastante desprevenidos, é necessário lembrar que o fliperama teve um companheiro: mais, um siamês mecânico que dividia a mesma sorte, primeiro respeitável, depois calamitosa. O *jukebox*. Esse também ficava nos bares, nos motéis, nos *snack-bars*, inesquecível mobiliário do (micro) espaço público: e ele também en-

fim se refugiou em casas particulares ou em outros frígidos museus. A súbita mudança matou com uma cajadada só os *jukeboxes*, com seus discos de 45 rotações, e as máquinas de flíper, com suas duas palhetas retráteis, usadas para malhar e triturar as bolinhas de metal. E, junto com o *jukebox* e o fliperama, foram suprimidas memórias, usos e consumos. Figuras sociais de vulto foram estraçalhadas. Projetos e valores, dos quais mais de uma geração havia se alimentado, ressecaram. (Virno, 1998)

Objetos signos de determinado tipo de sociabilidade: a música escolhida no *jukebox* era apresentada e compartilhada, as preferências de cada um eram públicas. Um instrumento de caráter essencialmente democrático. Hoje, a música é comandada por quem possui os meios para sua difusão, pelo *disc jockey* da vez. Passou-se de um instrumento-objeto bem visível, controlável, maleável, a um que pretende ter a mesma função, mas que, na realidade, está oculto, não é controlável, é antidemocrático e impõe a própria ideologia.

Uma progressiva privatização desses instrumentos reforçou as escolhas pessoais: na fruição particular, por meio da escuta personalizada com fones de ouvido, cada um escolhe por si o que ouvir, conforme seus mui privados e particulares gostos e desejos. Quem perde é o compartilhamento e a utilização coletiva do instrumento a que todos tinham acesso. A individualidade está salva; o consumo, fragmentado e privatizado; e a coletividade é vítima de uma organização que impõe a sua vontade.

> O desaparecimento do fliperama agrava a nostalgia de um país que não voltaremos a ver, que se tornou irreconhecível. Alguns lamentam: bares que não são bares, fábricas que não se parecem mais com fábricas, adolescentes prudentes e céticos. O fliperama desapareceu da paisagem urbana, e o PCI [Partido Comunista Italiano] também: que fazer? No entanto, houve um tempo em que nós, flipermaníacos, fomos insultados por quem não conseguia esquecer a precedente "civilização do café", com suas conversas espirituosas, com os escritores que compunham nas mesinhas opúsculos morais etc. (Virno, 1998, p. 50)

Os objetos e a vida

Presenças fecundas, matéria importante, portadora de saudade e devaneio. Formas que nos fazem tocar o passado, momentos particulares da vida, acontecimentos exclusivos, lugares domésticos, cotidianos, sensações irrepetíveis.

A lata de cola, sempre presente em uma gaveta da casa, com o buraco no meio para alojar o pincel, ao ter aberta a tampa nos envolvia com um cheiro inconfundível. O que dizer dos mosquitos vencidos pelo inseticida: cilindro mágico, muitas vezes enferrujado, em cuja saliência era soldada a lata de *spray* que continha o líquido para pulverizar. Um cheiro acre tomava os cômodos, à noite, quando apareciam os mosquitos nos verões quentes. Instrumento precioso para se livrar de pessoas chatas. Dizia-se: "Ammazza la vecchia... col flit"[*].

Lembranças inconfundíveis, junto a tantas outras, por vezes evocadas em momentos de irresistível nostalgia. Possibilidade de perambular pela mente, pela memória e pelo tempo, sem qualquer obrigação, pelo prazer de uma lembrança e de viver algo que já passou, mas que ainda é possível dividir com os outros. História e memória que se fazem perfume e odor, que entram no corpo no instante em que o objeto é mencionado. Onde estão os Stop[**] sem filtro, onde está o Idriz[***]...

---

[*] "Mate a velha... com inseticida". Variação cômica de "Ammazza la mosca... col flit" (Mate a mosca... com inseticida), que tocava em um comercial de inseticida na Itália no pós-guerra. Trata-se de uma das muitas variações da famosa frase musical cujo original em inglês é: "Shave and a Haircut... two bits". Nada mais é que a versão musicada das cinco notas (ou simplesmente cinco batidas) executadas em sequência que esperam a resposta de outras duas. Muito usada, por exemplo, no final de uma performance musical para gerar um efeito cômico ou quando se quer fazer uma brincadeira ao bater à porta. (N. E.)

[**] Antiga marca de cigarro. (N. T.)

[***] Marca de pó efervescente que se adicionava à água. Tal produto era popular por neutralizar ou mascarar o sabor proveniente dos processos de tratamento da água, como a adição de cloro. (N. T.)

Na modernidade

3. Objetos de consumo e vida interior

De uma cena, em um grande centro comercial.

Frank fazia hora na frente das geladeiras, escutando uma conversa dois corredores adiante.

— Que baixaria, Julie, mas o que você quer que a gente pegue aqui? Um par de calças de moletom? Uma lavadora? Não vai caber na bolsa.

— Abra a outra, está menos cheia.

— Você sabe que deveria parar com essa história de roubar nas lojas.

— Não pegue aquela, sua idiota! Tem um sensor.

Ele abriu caminho até os aparelhos elétricos, esperando conseguir vê-las entre uma serra elétrica e outra. No final da estante, deu uma espiada do outro lado. Havia três garotas com o que sua mulher chamaria de penteados espalhafatosos. Uma delas se voltou rapidamente e deixou cair um liquidificador na sua sacola de compras. Era Julie, a filha dos vizinhos, que ficava com seus filhos no sábado à noite.

— Que baixaria, um liquidificador. E o que você faz com isso?

— Posso fazer bebidas *diet* no meu quarto. Além disso, cedo ou tarde, vai chegar o Natal, e vou precisar de presentes – disse Julie.

— Um liquidificador é muito bom. Ninguém teria a ideia de roubar um liquidificador – disse a outra garota. [...]

Julie colocou um miniprocessador na sacola, em cima do liquidificador.

— Anda logo, estou com fome – disse a terceira garota. Tinha seios grandes e vestia uma camiseta curtíssima que mal os cobria, e nada de sutiã. Frank se perguntou se alguém já havia sugerido a ela que, talvez, fosse hora de começar a usar um.

Os objetos e a vida

– Você ainda está com fome? Você acabou de comer um *cheeseburger* com batata frita.

Os seios estavam crescendo, pensou Frank, tinham necessidade de ser alimentados.

– Eu vomitei. (Homes, 2001, p. 78-9)

Eu quis reproduzir esse trecho porque me pareceu representativo de certo tipo de relação com os objetos, ou melhor, de não relação com os objetos que, nesse caso, poderíamos muito bem definir como "coisas". Isso nos leva a reconsiderar a função psicológica dos objetos.

Segundo reflexões mais difundidas e consolidadas, a busca compulsiva de objetos indica uma precariedade psicológica. Através da sua posse e com a saturação de um vazio interior, realiza-se um desejo de completude; mas, muitas vezes, passando por um processo mecânico e incolor. Cada vez mais, no mundo de hoje, temos à nossa disposição objetos que se propõem como "solução". Eles saturam as emoções, sobrepondo-se a elas, tapam um vazio, preenchem todo o espaço interior. Desse modo, os indivíduos cultivam uma espécie de analfabetismo psicológico, não sendo mais capazes de enfrentar as próprias experiências emocionais (Mariotti, 2000).

Uma breve história clínica ajuda a entender melhor do que se está falando. Uma mulher de cerca de quarenta anos está numa exaustiva busca por um parceiro e coleciona uma série de relações que terminam depois de pouco tempo. É uma mulher culta, nascida em uma família abastada, profissionalmente realizada, tem três filhos e está divorciada há alguns anos. Seu mundo afetivo está fechado em um universo de cunho narcisista, alimentado por modalidades comportamentais e comunicativas e por relações que confirmam um destino de solidão e de frustrações emocionais. Os acontecimentos de que fala se parecem muito com uma novela de televisão, um seriado, com diálogos cheios de lugares-comuns, frases típicas e estereotipadas.

A distância emocional entre os pais teve uma forte influência na estruturação de seu mundo interno e de seus afetos. O conjunto dessas experiências relacionais e afetivas concorreu para determinar nela

Na modernidade

uma disposição depressiva que, talvez, seja aguda: um sentimento de falta e de vazio, uma queda da esperança por ela vivida como um destino adverso, impossível de combater e de transformar. Tem dificuldade de entrar em contato com as próprias emoções, tanto quanto de manifestar sua afetividade, exceto nos momentos em que um presente importante esteja envolvido. Os objetos materiais, mais estimados por seu valor, representam a oportunidade, compartilhada no grupo familiar, de poder exprimir contentamento e proximidade. Uma parcela importante das relações transita pelas "coisas", seu valor de venda é diretamente proporcional à afetividade que se quer expressar. Essa "cultura material" dos afetos, além de determinar uma inegável dependência em relação ao mundo material, exprime uma ausência de desejo. Frequentemente, para romper com um estado de descontentamento tão penetrante, tenta gestar um desejo, perguntando-se o que poderia comprar ou aonde poderia ir para aproveitar as próximas férias; passa em revista mentalmente várias oportunidades, na expectativa de que despertem dentro dela o desejo. No instante em que está considerando essas possibilidades, não está se colocando em contato consigo mesma, mas invocando uma série de objetos e de possibilidades que podem envolvê-la e solicitá-la. Em síntese, faz com que o objeto externo seja o promotor de um desejo interno. Não é um estado de carência que desperta o seu desejo, mas é o objeto que lhe indica aquilo de que está carente, é o objeto que se move em direção ao sujeito.

De um ponto de vista mais geral, falta a carência, que é o motor do desejo e da elaboração fantástica. Cada necessidade, cada dificuldade ou frustração é prontamente e também preventivamente saturada por objetos materiais, por coisas que a penetram e que aliviam o penoso sentimento de um vazio sem nome. Ao mundo dos objetos internos, representados por figuras primárias de referência, juntam-se "objetos *self*" inanimados, "objetos coisas": eles se integram a outras partes do mundo interno e restam como objetos inertes, investidos narcisicamente. Assim, aquele vazio persistente, que somente de vez em quando parece completar-se, tem necessidade de ser constantemente preenchido. Um mundo de coisas que tem uma influência profunda sobre energias psíquicas subjetivas (Starace, 2008b).

Essa lógica do consumo tem mais implicações imediatas na gratificação instantânea de uma tensão do que de uma necessidade definida: sempre está à disposição alguma coisa que consegue ir ao encontro da tensão e saturá-la.

Nesses casos, ficam reduzidos a coisas, no sentido mais desvalorizado do termo. A área transicional, em conjunto com seus objetos, perdeu sua eficácia atrás do impulso do consumo imediato e compulsivo.

> Esses objetos de dependência tomam o lugar dos objetos transicionais da infância, que encarnavam o ambiente materno e, ao mesmo tempo, liberavam a criança da dependência total no que diz respeito à presença da mãe. Contrariamente aos objetos transicionais, todavia, os objetos de que depende não podem obter qualquer resultado, enquanto representam tentativas somáticas, mais que psicológicas, de enfrentar a ausência [...] eu defini essas substâncias como objetos "transitórios", e não como "transicionais". (McDougall, 2003, p. 201)

Os objetos transicionais perdem seu significado profundo para se tornarem objetos coisas, que vivem em nome de sua simples materialidade e são avulsos, desligados de um contato significativo com a pessoa. Na atual cultura do consumo, esse fenômeno é particularmente evidente, especialmente em alguns grupos de jovens em que está amplamente difundido o uso de substâncias. Se se escutam as histórias desses jovens, vê-se como qualquer atividade desenvolvida durante a semana é dirigida para viver momentos extraordinários nos fins de semana dominados por todo tipo de consumo. As roupas compradas e usadas, as maquiagens e as maneiras especiais de se arrumar fazem com que pareçam máscaras, e não modelagens significantes do próprio objeto corpóreo. Cada recurso, duramente amealhado, é gasto na aquisição de objetos logo tornados obsoletos, de bebidas alcoólicas e de pílulas consumidas em grande quantidade. Nada resta desses objetos, nada se sedimenta nessas pessoas. É um

Na modernidade

processo ao qual as novas gerações parecem ter sido socializadas desde os primeiros momentos.

Em 24 de dezembro do ano passado, assisti a um espetáculo que me deixou muito impressionado. Algumas pessoas se reuniram para uma grande ceia de Natal: há dias a implacável televisão informava aos italianos os bilhões de euros gastos em caviar, ou em lagostas, ou em champanhe, ou em garrafas de Sassicaia*, ou em joias para as mulheres ou amantes, ou nas mais reles lentilhas. Em um canto da sala estava um belíssimo menino alemão. Estava cansado; tinha sono; as conversas dos adultos o aborreciam; e os seus olhos não olhavam para a realidade, mas para dentro dele mesmo, onde aconteciam coisas que os outros ignoravam e que ele procurava, em vão, compreender. De repente, penetrou na sala não o gracioso anjo noturno de minha infância, mas um enorme Papai Noel, de peruca e barba falsa, e um casaco vermelho. Levava nos ombros uma cesta, que pesava ao menos cinquenta quilos, e espalhou sobre o chão um monte de presentes.

O menino se levantou: com uma alegria mais frenética do que natural, abriu, um depois do outro, os pacotes, que logo ficaram no chão como destroços de um exército massacrado. Tinha de tudo: jogos belíssimos e jogos inutilmente caros. O menino sentou-se em uma cadeira a um canto: fixou os brinquedos, depois os olhos se voltaram novamente para dentro de si, passeando entre os panoramas desconhecidos da própria mente. Os jogos não o interessavam mais. Eram apenas coisas, um cortejo de coisas, uma fusão de coisas, restos de coisas que não despertavam nele o mínimo interesse.

De repente, o mundo estava morto para ele. [...]

As coisas estão nos agredindo. Não sabemos onde colocá-las e onde colocar seus resíduos. Não conseguimos mais olhar para elas, contemplá-las, possuí-las com os olhos, porque não despertam mais a riqueza de sensações – a cor, a sombra, o aveludado, o rugoso – que, no passado, despertavam em nós, nem tampouco ecos simbólicos.

Por milhares de anos, o Ocidente viveu de coisas: a cama de Ulisses, as madeixas de Helena, a tigela de Robinson, as panelas de Chardin, o

---

* Nome de um conhecido e caro vinho italiano. (N. T.)

perfume de Baudelaire, o biscoito de Proust, a cadeira de Van Gogh, as garrafas de Morandi. Ao passo que, hoje, indiferentes, contemplamos bilhões de objetos que estão petrificando nossa vida interior. (Citati, 2007)

Citati lembra como, nos anos em que ainda não se havia manifestado essa incrível socialização do consumo, as crianças do sexo masculino brincavam principalmente com carrinhos de lata, soldadinhos e trenzinhos elétricos; brincava-se com botões emprestados da mamãe ou com bolinhas de gude para realizar a "grande volta ciclística da Itália". Muitos desses objetos, os soldadinhos, por exemplo, eram uma personificação com a qual se estabelecia uma verdadeira relação; até com o grande botão do casaco, que se transformava em Gastone Nencini ou Charly Gaul*. Qualquer desses objetos se personificava, mostrava capacidade ou inadequação, proporcionava satisfação ou frustração, era parte da vida de brincadeiras de qualquer criança.

> Todos os meus brinquedos eram projeções de um denso mundo interior, que não se fartava de imaginar e de fantasiar. Uma incessante metamorfose transformava realidade em fantasias, fantasias em realidade, fundindo-a num mundo no qual me perdia completamente. (Citati, 2007)

Estabelecia-se uma profunda correspondência entre o mundo interno e externo, onde um simples objeto conseguia reunir grande parte do trabalho mental envolvido no jogo. O objeto nunca era dado, era sempre criado e é por isso que reunia parcela significativa dos desejos e das capacidades de planejamento da criança.

> A criança é um ser surrealista. Sem necessidade de que a ensinem, tem uma capacidade de juntar os mais variados elementos, de levar consigo a fantasmagoria dos objetos, estabelecendo entre eles relações das quais só ela é a senhora. Nisso reside a sua "originalidade" e o seu estado selvagem. (La Cecla, 1998, p. 69)

---

* Gastone Nencini (1930-1980), ciclista italiano, vencedor do Tour de France de 1960 e do Giro d'Italia de 1957. Charly Gaul (1932-2005), ciclista luxemburguês, vencedor do Tour de France de 1958 e do Giro d'Italia de 1956 e de 1959. (N. E.)

Na modernidade

Era uma vez Meccano, um amontoado de pedaços de ferro de diversos tamanhos, reunidos do jeito que se supunha mais adequado. As formas do brinquedo tornavam-se as formas do desejo; e falamos de um brinquedo já bastante estruturado. Quando uma criança encontrava um brinquedo já pronto entre as mãos, a primeira coisa que fazia era desmontá-lo, dividi-lo em pedaços para ver o que estava escondido, como era feito por dentro, para tornar aquele objeto familiar, para se apropriar dele.

> Hoje, a tendência é de eliminar essa parte dos jogos de montar que os tornavam próximos da capacidade infantil de inventar o mundo, sem precisar aceitá-lo já significado. O que se esconde sob esse horror adulto ao vazio, sob esse *horror vacui* pelo qual nem mesmo ao jogo é deixado o espaço do não montado, do fragmento, do resto, do não definido? (La Cecla, 1998, p. 68)

O jogo já montado tem vida própria, leis próprias, e sobre elas não é possível influir; é preciso adequar-se ao que está escrito nas instruções, ao que estava na cabeça de quem o criou. Não há espaço para expectativa, para aquela necessária e importante experiência de suspensão, quando se está ocupado em criar. Entre desejo e satisfação, não existe interrupção, apenas um espaço cheio que satura qualquer possível sensação de ausência. Nasce uma confusão que se exprime em uma mescla de pensamentos à procura de um sentido, de uma função difícil de executar.

Nesse breve diálogo, um menino e um adulto procuram, cada um com uma ideia diferente, dar nome aos objetos e identificar o sentido de sua existência.

– Quero chamar a mamãe.

– Não tem telefone.

– Deve estar se perguntando por onde eu ando.

– Não, Johnny. Ela sabe que você está comigo. Falei para ela ontem.

– Mas eu não deveria voltar para casa o quanto antes? E por que você não tem telefone? Todos têm telefone. Acho que é ilegal não ter um.

– Não me fale de lei e de ordem. Todos têm telefone e televisão, e uma pessoa em cada duas tem videocassete e lavadora. E forno de micro-ondas. Não quer dizer que sejam mais inteligentes. Se você começa a acumular objetos, acaba se complicando. Você começa a achar que se importa de verdade com aquelas coisas e se esquece de que são apenas objetos, objetos pré-fabricados pelo homem. Viram parte de você, e aí, quando você não os tem mais, parece que você também desapareceu. Quando você tem coisas e, a certa altura, as perde, é como se você também sumisse.

– Mas você tem filas de garrafas vazias por todo canto.

– Os vazios não são coisas. Você é bobo?

– Não sou bobo.

– Então não vire um – disse Randy, e então foi embora e ouviu bater a porta com mosquiteiro. (Homes, 2001, p. 37-8)

As palavras de Randy são pronunciadas no contexto de um consumo que despoja o objeto de sua utilidade simbólica para reduzi-lo a um produto de acúmulo. A incompreensão nasce do fato de que essas definições de objeto ficam misturadas e sem distinção, portanto, confundidas com outras que, pelo contrário, têm profundidade e significado diferentes. Randy acrescenta que depois "nos importamos com as coisas", que "você se esquece de que são apenas objetos", que "viram parte de você", que "quando você não os tem mais, parece que você também desapareceu". É uma visão ideológica, sensível aos efeitos danosos do consumismo, que orienta, no entanto, a própria escolha de uma solução abstrata, impraticável e, principalmente, não consciente da importância dos objetos na existência humana em termos de uma integração entre o mundo material e o interno, de identidade pessoal e afetividade.

Diferente é a relação com os objetos coisas do consumismo, que parecem ter perdido sua capacidade de se integrar à atividade psicológica: justamente por suas características, por serem em série, globalizados e desenraizados, ofendidos por causa de sua contínua substituição, solitários na perda instantânea de seu valor.

Na modernidade

Parece que, quanto mais se tornam abundantes, redundantes na sua copiosidade, mais perdem sua preciosa qualidade de objetos, para se transformarem em coisas. O fato de serem abundantes e de se embrenharem com facilidade os leva a perder a força significante que sempre possuíram, numa saudável relação de recíproca dependência. Com o consumismo realiza-se um presumível domínio sobre o objeto, mediante a rápida utilização, tão rápida quanto seu descarte. É como se, nesse turbilhão de gozo e de destruição, na presumida liberdade de escolher, o sujeito dominasse o mundo material. E não é assim, porque, na verdade, é a coisa que tem uma relação de dominação sobre o sujeito, com sua maneira compensatória de ser, com sua função de renovação do *self* através da dinâmica aquisição--destruição. Nessa altiva presunção de domínio e de autonomia, o sujeito pós-moderno realiza uma dessacralização do objeto, mediante a negação de uma dependência.

Žižek (2011) fala de um novo totalitarismo que se coloca em uma posição simétrica e oposta a uma velha concepção do totalitarismo, isto é, à repressão do desejo e do gozo. É o objeto do gozo que anima o novo totalitarismo, em um impulso não mais endereçado ao simples consumo, mas ao consumo da identidade pessoal, através do consumo do objeto.

De modo que os objetos do consumismo mantêm por toda a duração de sua vida um estranhamento essencial em relação ao mundo, nunca encontram uma verdadeira cidadania, e, mesmo sendo cidadãos universais, não se "aclimatam" jamais. Perderam sua alma e tornaram-se entidades alienadas. Até por isso nasce aquela nostalgia de que se falou.

O mundo poderia começar do princípio, depois de ter consumido e destruído todos os seus bens. Ressurge a escassez, conforme as tintas mais dramáticas às quais alude a descrição de McCarthy (2007).

Um pai e um filho encontram-se em uma região árida desolada, onde tudo está queimado, destruído, coberto por um espesso lodo. Eles têm algumas coisas essenciais nas mochilas. O pai empurra um carrinho de supermercado que permite levar consigo também outras coisas pequenas e enchê-lo, caso a ocasião se apresentasse. Preso ao punho está um espelhinho retrovisor para poder olhar atrás. A estrada está deserta. Atravessam uma cidade com a pistola em mãos, uma cobertura de plástico cobre o carrinho.

A certa altura, precisam fugir por causa da chegada de um grupo de pessoas e deixam o carrinho abandonado. Quando voltam, está ainda ali, mas quase todo saqueado. As poucas coisas que sobraram estão espalhadas entre a folhagem: algum livro e uns poucos brinquedos de criança, seus sapatos velhos e as roupas em trapos. O pai endireita o carrinho, volta a colocar dentro dele as coisas remanescentes e recomeça tudo de novo.

Pouco tempo depois, senta-se na areia e passa em revista o conteúdo da mochila: o binóculo, um frasco de gasolina quase cheio, a garrafa d'água, as pinças, duas colheres e, ainda, cinco latas de alimento. Dentre elas, seleciona uma de salsicha e uma de milho; abre-as com o pequeno abridor de latas, coloca-as no fogo e, quando estão quentes, retira-as, usando as pinças. Depois adormecem.

O menino está perto dele e o abraça. Mas, ao despertar, o pai estava frio e rígido. O menino se dá conta de que ele está morto e fica ali chorando, segurando-lhe a mão e pronunciando seu nome. Então vai até a estrada e encontra um homem e lhe aponta a pistola. O pai lhe havia dito para não deixar ninguém tirá-la dele.

Começa a confiar no homem e decide segui-lo, mas teria de abandonar o pai. Pensando que não poderia deixá-lo daquele jeito, que todos poderiam vê-lo, colocou sobre ele um cobertor. Antes de partir, volta uma vez mais para se despedir do pai; senta-se a seu lado e chora longamente, depois lhe promete que todos os dias falaria com ele. Parte com um cobertor a menos.

4. Conclusões

Os processos ligados à produção, a partir do segundo pós-guerra, mudaram radicalmente nossa vida com os objetos. Um transbordante influxo de bens violentou nossa relação com eles.

Como em todos os outros momentos históricos, a relação com os objetos pode ser tanto uma indicação importante da transformação quanto do grau de integração das pessoas na cultura dominante e de sua identificação com seus valores. Cada indivíduo, pertencente a um grupo social, reporta-se à cultura de referência segundo suas inclinações particulares, combinadas com a do grupo de referência. Assim como cada grupo interage com a cultura dominante de maneira diversa.

O desejo e a satisfação obtida pela procura e pela posse de objetos, além de concorrerem para uma definição do *self*, estão intimamente ligados à necessidade de distinção social e pessoal. Uma distinção que, paradoxalmente, por causa da forte tensão na agregação e na adesão ideológica ao grupo, acaba por determinar uma espécie de mimetismo. E aí não podemos mais falar de "distinção" no verdadeiro sentido do termo, mas de adesão a uma cultura de grupo; uma assimilação sob a bandeira da posse de objetos marcados por um estilo igual. A distinção, não mais de natureza individual, desloca-se para o grupo, mediante a posse dos mesmos objetos, tornando-se signo de um específico pertencimento (Baudrillard, 1972).

Cada grupo está em estreito contato com a sociedade, exprime seus valores, encarna suas tendências. Mas existem diversos graus de adesão nas relações com a cultura dominante, seja da parte do grupo, seja no interior do próprio grupo, onde alguns sujeitos estão mais aderidos à sua cultura, outros estão mais distantes dela e lhe opõem uma resistência parcial.

Movendo-nos em um nível individual, encontramos pessoas que parecem não refletir em nada as transformações sociais, e que podem ser definidas como "pessoas de todos os tempos". Nelas, é muito difícil comparar as transformações sociais em curso porque, mesmo vivendo ativamente a realidade social em que estão inseridas, mantêm uma disposição pessoal que metaboliza lentamente o que acontece fora, e também certa harmonia com seu mundo interior. Em sentido contrário, encontramos outras pessoas fortemente condicionadas pelas pressões sociais contemporâneas: poderíamos definir esses sujeitos como portadores de uma personalidade "pós-moderna"; são personalidades que esboçam implicitamente uma diferença com outras possíveis expressões da subjetividade e, principalmente, manifestam as marcas da transformação.

Se os sujeitos "pós-modernos" surgem muito mais contaminados pelo caráter do mundo externo, as "pessoas de todos os tempos" deixam entrever, com muito mais dificuldade, os efeitos das pressões sociais do momento. E ainda, caso se dê uma olhada no mundo, percebe-se que existem comportamentos de massa tão permeáveis e generalizados, que obrigatoriamente devem deixar uma marca nos profundos arranjos de todas as pessoas. Se uma criança passa tanto tempo entre a televisão e o *video game*, sob contínua oferta de bens e sob a possibilidade inesgotável de consumo, algo acontecerá em sua cabeça. Como também um adulto, inserido em uma ciranda de consumo, mesmo atento, se não resiste completamente a deixar-se atropelar por ela, será influenciado. Mas é difícil relevar tudo isso; porque se trata de hábitos difundidos, da vida comum, isto é, das características de uma nova normalidade emergente que se dilui na vida de cada dia.

Não é fácil esquivar-se de pertencer a um grupo de referência. Algo particularmente verdadeiro para os adolescentes e para os adolescentes tardios, os quais, se não possuem uma rede suficientemente eficaz de identificação precoce, construída no âmbito familiar, no momento em que se deparam com a realidade externa, ficam à mercê das prementes demandas sociais. Tenderão a funcionar segundo as expectativas da sociedade e construirão uma relação predominantemente imitativa nas relações com os modelos propostos.

Não tendo funcionado os modelos parentais, outros entram em cena: modelos externos, disseminados e confirmatórios, à mão e baratos, por assim dizer. São esses os sujeitos que, em virtude de sua particular estruturação interna, tornam-se o elo mais eficaz e direto com o clima cultural presente; são esses os repetidores mais ativos e zelosos da cultura do consumismo, uma cultura chanceladora, especialmente na específica relação mantida com os objetos. Nesse momento histórico, certo tipo de cultura extremamente difundida e entranhada tem a vantagem de possuir transmissores potentes, como a televisão e outros canais essenciais; outras culturas, ainda que profundamente radicadas na sociedade, lutam para vir à tona e agem na surdina.

> A globalização da economia, a presença da internet, as novas mídias, a compactação do espaço e a transformação do tempo, o afastamento das pessoas da política e a relativa aversão anti-institucional, o crescimento do individualismo e do hedonismo [...]. Mas não creio que mesmo a longa enumeração desses fenômenos que, juntos ou separadamente, podem assumir características cataclísmicas seja suficiente para pensar em um tempo que perdeu as conexões originais com o passado. (Schinaia, 2006, p. 167)

Mas tudo acontece segundo diferentes gradações: de uma adesão enfurecida aos valores do consumo, passamos, no polo oposto, a quem lhe é amplamente refratário. Da mesma forma, registramos a maior ou menor permanência de uma relação viva e criativa com os objetos. Certamente, todos estão expostos aos ataques de um sistema bastante difundido de mercadorias descartáveis, para serem consumidas rapidamente; mas muitas pessoas, mesmo se identificando parcialmente com tais modelos, e, portanto, tratando-os como possibilidades acessórias de socialização, também têm outros âmbitos de identificação.

Principalmente, continuam a se impor, através da sua indelével afetividade, os ecos e o fascínio pelos objetos, quando não está vedado a eles exprimir história e significado.

BIBLIOGRAFIA

Ago, R. *Il gusto delle cose: una storia degli oggetti nella Roma del Seicento*. Roma: Donzelli, 2006.

Anselmi, G. M.; Ruozzi, G. (Org.). *Oggetti nella letteratura italiana*. Roma: Carocci, 2008.

Appadurai, A. Introduction: Commodities and the Politics of Value. In: _____ (Org.). *The Social Life of Things*. Cambridge: Cambridge University Press, 1986.

Arendt, H. *Vita activa. La condizione umana*. Milão: Bompiani, 2008.

_____. *Il pescatore di perle*. Milão: Mondadori, 1993.

Argentieri, S. Sensi e oggetti smarriti, Parolechiave, 9, 1995. p. 67-81.

Augé, M. Nonluoghi. *Introduzione a una antropologia della surmodernità*. Milão: Elèuthera, 1993.

Auster, P. *L'invenzione della solitudine*. Turim: Einaudi, 1997.

_____. *Trilogia di New York*. Milão: Rizzoli, 1987.

Bachelard, G. *La poetica dello spazio*. Bari: Dedalo, 1975.

Bateson, G. *Verso un'ecologia della mente*. Milão: Adelphi, 1976.

Baudrillard, J. *Il sistema degli oggetti*. Milão: Bompiani, 1972.

Blisset, L. *Love Addiction*, Venice (CA), Virtual Press, 1988.

Bloch, E. *Il rovescio delle cose*. In: Pinotti, A. (Org.). *La questione della brocca*. Milão: Mimesis, 2007.

Bodei, R. *La vita delle cose*. Roma-Bari: Laterza, 2009.

Böll, H. Il destino di una tazza senza manico. In: _____. *Racconti umoristici e satirici*. Milão: Bompiani, 2002.

Borges, J. L. Il pugnale. In: _____. *Evaristo Carriego*. Milão: Mondadori ("I Meridiani", I), 1984.

_____. Le cose. In: _____. *Elogio dell'ombra*. Milão: Mondadori ("I Mediriani", II), 1984.

Borsari, S. Le cose e la memoria: George Perec. In: Borsari, A. (Org.). *L'esperienza delle cose*. Gênova: Marietti, 1992.

Bourdieu, P. *La distinzione. Critica sociale del gusto*. Bolonha: il Mulino, 1983.

Briganti, B. Francis Bacon. Vita segreta nell'antro del genio, *la Repubblica*, 30 de agosto de 2009.

Cacciari, M. *L'angelo necessário*. Milão: Adelphi, 1994.

Calomino, A. *Storie di cose. Psicodinamica del rapporto con gli oggetti*. Tese de licenciatura, Università degli Studi di Napoli Federico II, Nápoles, 2011.

Calvino, I. La poubelle agréée. In: _____. *La strada di S. Giovanni*. Milão: Mondadori, 1995.

_____. *Collezioni di sabbia*. Milão: Mondadori, 2002.

Chatwin, B. *Utz*. Milão: Adelphi, 1989.

Citati, P. Noi giocavamo con i soldatini, *la Repubblica*, 2 de fevereiro de 2007.

Concato, G. Oggetto transizionale e feticcio, *contro tempo*, 5, 1998. p. 61-78.

Csikszentmihalyi, M.; Rochberg-Halton, E. *The Meaning of Things. Domestic Symbol and the Self*. Cambridge: Cambridge University Press, 1981.

Dasté, O. The Suitcase. In: Turkle, S. (Org.). *Evocative Objects. Things We Think With*. Cambridge (Mass.): The Mit Press, 2007.

De Clérambault, G. G. *Il tocco crudele. La passione erotica delle donne per la seta*. Milão: Mimesis, 1994.

Demetrio, D. Raccontarsi. *L'autobiografia come cura di sé*. Milão: Raffaello Cortina, 1995.

Doctorow, E. L. *Homer & Langley*. Milão: Mondadori, 2010.

Eiguer, A. *L'inconscio della casa*. Roma: Borla, 2007.

Fanon, F. *Sociologia della rivoluzione algerina*. Turim: Einaudi, 1963.

Flemm, L. *Come ho svuotato la casa dei miei genitori*. Milão: Archinto, 2005.

Glavinic, T. *Le invenzioni della notte*. Milão: Longanesi, 2007.
Grossman, V. *Anni di guerra*. Nápoles: L'ancora del mediterraneo, 1999.
Heidegger, M. La cosa. In: Pinotti, A. (Org.). *La questione della broca*. Milão: Mimesis, 2007.
Homes, H. M. *La sicurezza degli oggetti*. Roma: minimum fax, 2001.
Iacono, A. M. Tra uomini e cose. A proposito di individualismo e olismo in Louis Dumont. In: Borsari, A. (Org.). *L'esperienza delle cose*. Gênova: Marietti, 1992.
Inghilleri, P. *La buona vita. Per l'uso creativo degli oggetti nella società dell'abbondanza*. Milão: Guerini e Associati, 2003.
James, H. Principi di psicologia. In: Starace, G. (Org.). *L'uomo come esperienza. Identità, istinti, emozioni*. Nápoles: L'ancora del mediterraneo, 1999.
Jedlowski, P. *Un giorno dopo l'altro. La vita quotidiana fra esperienza e routine*. Bolonha: il Mulino, 2005.
Jervis, G. *Presenza e identità. Lezioni di psicologia*. Milão: Garzanti, 1984.
Kafka, F. Il cruccio del padre di famiglia. In: _____. *Tutti i racconti*. Milão: Mondadori, 1970.
_____. *America*. Milão: Garzanti, 2007.
Kingsley, M. *Travels in West Africa*. Boston: Beacon Press, 1988.
Kopytoff, I. The Cultural Biography of Things: Commodization as Process. In: Appadurai, A. (Org.). *The Social Life of Things*. Cambridge: Cambridge University Press, 1986.
Krafft-Ebing, R. von. *Psicopatia sessuale*. Roma: Edizioni Mediterranee, 1964.
La Cecla, F. *Non è cosa. Vita affettiva degli oggetti*. Milão: Elèuthera, 1998.
Laffi, S. Il tic tac delle cose. In: Ardrizzo, G. (org.). *L'esilio del tempo. Mondo giovanile e dilatazione del tempo*. Roma: Meltemi, 2003.
Lappi, R. Collezionismo. La magnifica ossessione, *Aracne*, Rivista d'arte online, 2010.

Leonini, L. *L'identità smarrita. Il ruolo degli oggetti nella vita quotidiana.* Bolonha: il Mulino, 1988.

Lévy-Strauss, C. *Il pensiero selvaggio.* Milão: il Saggiatore, 1990.

Lurija, A. R. *Una memoria prodigiosa.* Milão: Mondadori, 2002.

Magni, C. Comunicação pessoal no seminário sobre Percorsi autobiografici e oggetti materiali. Anghiari, 28-30 de setembro de 2006.

Marcuse, H. *L'uomo a una dimensione. L'ideologia della società industriale avanzata.* Turim: Einaudi, 1967.

Mariotti, G. *Senza più paura. Il narcisismo nello studio di uno psicoanalista.* Roma: Meltemi, 2000.

Matteucci, I. *La comunicazione del benessere. I corpi e gli oggetti della postmodernità.* Nápoles: Liguori, 2004.

Maubert, F. *Conversazione con Francis Bacon.* Roma-Bari: Laterza, 2009.

Mauss, M. *Saggio sul dono. Forma e motivo dello scambio nelle società arcaiche.* Turim: Einaudi, 2002.

McCarthy, C. *La strada.* Turim: Einaudi, 2007.

McDougall, J. L'economia psichica della dipendenza: una soluzione psicossomática. In: Rinaldi, L. (Org.). *Stati caotici della mente. Psicosi, disturbi borderline, disturbi psicosomatici, dipendenze.* Milão: Raffaello Cortina, 2003.

McGregor, J. *Diversi modi per ricominciare.* Vicenza: Neri Pozza, 2006.

Montefoschi, S. *L'uno e l'altro. Interdipendenza e intersoggettività nel rapporto psicoanalitico.* Milão: Feltrinelli, 1977.

Müller, H. La mia vita in un fazzoletto, *la Repubblica,* 9 de dezembro de 2009.

Nathan, T. *Non siamo soli al mondo.* Turim: Bollati Boringhieri, 2003.

Norman, D. A. *La caffettiera del masochista. Psicopatologia degli oggetti quotidiani.* Florença: Giunti, 2005.

Nossack, H. E. *La fine. Amburgo* 1943. Bolonha: il Mulino, 2005.

Pamuk, O. *Il museo dell'innocenza.* Turim: Einaudi, 2009.

Pamuk, O. Il museo dell'amore, *la Repubblica,* 27 de abril de 2012.

Bibliografia

Panizza, S. Un pizzico di follia: "la soggettività delle cose", *Quaderni de Gli Argonauti*, 12, 2006.

Pavone, C.; Orlando, F. La letteratura e le cose, *Parolechiave*, 9, 1995. p. 45-65.

Perec, G. *Pensare/Classificare*. Milão: Rizzoli, 1989.

_____. *Le cose*. Turim: Einaudi, 2011.

Petrini, C. I rifiuti che abitano il nostro frigorifero, *la Repubblica*, 7 de fevereiro de 2008.

Piaget, J. La causalità fisica nel bambino. In: _____. *La genesi dell'idea di fortuito nel bambino*. Roma: Newton Compton, 1977.

Rigotti, F. *La filosofia delle piccole cose*. Novara: Interlinea, 2004.

_____. *Il pensiero delle cose*. Milão: Apogeo, 2007.

Roth, P. *Il fantasma esce di scena*. Turim: Einaudi, 2008.

Russo, M. Intervenção na Convenção *La psicoterapia psicoanalitica nelle istituzioni*. Ancona, 1-2 de abril de 2011.

Schinaia, C. Tra continuità e discontinuità. Intrecci del moderno e del postmoderno in psicoanalisi, *Psicoterapia e scienze umane*, XL, 2, 2006. p. 165-80.

Schwenger, P. *The Tears of Things. Melancholy and Physical Objects*. Minneapolis: University of Minnesota Press, 2006.

Searles, H. F. *L'ambiente non umano nello sviluppo normale e nella schizofrenia*. Turim: Einaudi, 2004.

Sennett, R. *L'uomo flessibile, Le conseguenze del nuovo capitalismo sulla vita personale*. Milão: Feltrinelli, 2000.

Simmel, G. L'ansa del vaso. In: Pinotti, A. (Org.). *La questione della brocca*. Milão: Mimesis, 2007.

Starace, G. *Le storie, la storia. Psicoanalisi e mutamento*. Veneza: Marsilio, 1989.

_____. *Il racconto della vita. Psicoanalisi e autobiografia*. Turim: Bollati Boringhieri, 2004.

_____. Storia, soggettività, identità in mutamento, *Contemporanea*, ano XI, abril, 2, 2008a. p. 291-9.

_____. Soggettività postmoderna, *Psicoterapia psicoanalitica*, XV, 1, 2008b. p. 41-52.

Szymborska, W. *Vista con granello di sabbia*. Milão: Adelphi, 1998.

Tönnies, F. *Comunità e società*. Bari-Roma: Laterza, 2011.

Turkle, S. (Org.). *Evocative Objects*. Things We Think With. Cambridge (Mass.): The Mit Press, 2007.

Tustin, F. *Autismo e psicosi infantile*. Roma: Armando, 1975.

Tyler, A. *Le storie degli altri*. Parma: Guanda, 1999.

Vámos, M. *Il libro dei padri*. Turim: Einaudi, 2006.

Veblen, T. *La teoria della classe agiata*. Turim: Einaudi, 1999.

Virno, P. Figure dell'utopia, *contro tempo*, 5, 1998. p. 42-50.

Vitale, S. Breve almanacco delle cose (di poco conto), *contro tempo*, 5, 1998. p. 79-92.

Winnicott, D. W. Il destino dell'oggetto transizionale. In: _____. *Esplorazioni psicoanalitiche*. Milão: Raffaello Cortina, 1995.

_____. *Gioco e realtà*. Roma: Armando, 1974.

Yates, F. *L'arte della memoria*. Turim: Einaudi, 2007.

Žižek, S. *Vivere alla fine dei tempi*. Milão: Ponte alle Grazie, 2011.

1ª edição agosto de 2015 | **Fonte** Horley Old Style MT
Papel Off White Norbrite 66 g/m² | **Impressão e acabamento** Yangraf